Eiskalte Übernahme

Ein spektakulärer Verkehrsunfall, ein alter Bekannter und ein unglaubliches Komplott. Adam Starck und Lizzie Schmidt geraten in Lebensgefahr.

Ein sonniger Frühsommermorgen in Hamburg Eimsbüttel, die magische Stunde zwischen Morgenhektik und Vormittag. Das friedliche Stadtleben wird jäh unterbrochen, ein Auto rast in den Außenbereich eines Cafés. Einer der Gäste kommt dabei ums Leben.

Wenige Tage später besucht eine elegante Geschäftsfrau die Detektei Adam Starck & Partner. Sie ist die Ehefrau des Opfers, und sie glaubt nicht an einen Verkehrsunfall.

Schnell entdeckt Lizzie erste Ungereimtheiten. Adam begegnet einem alten Bekannten und gerät in ernste Schwierigkeiten.

J. H. Willem lebt in Hamburg und ist neben seiner Tätigkeit als Autor Unternehmensberater zum Thema Cloud Computing. Seine Freizeit verbringt er am liebsten mit seiner Frau auf einem Segelboot auf der Ostsee. Die Idee zur Kurzromanserie Adam Starck entstand aus der Beschäftigung mit Heftromanen und der Begeisterung für gut gemachte Fernsehserien – der Autor ist bekennender Binge-Watcher.

Kriminalroman

Eiskalte Übernahme

**Der dritte Fall der Detektei
Adam Starck & Partner**

J. H. Willem

Impressum

Bibliografische Information der Deutschen Nationalbibliothek: Die Deutsche Nationalbibliothek verzeichnet diese Publikation in der Deutschen Nationalbibliografie; detaillierte bibliografische Daten sind im Internet über dnb.dnb.de abrufbar.

Eiskalte Übernahme
Der dritte Fall der Detektei Adam Starck & Partner
1.1 - November 2023
Copyright © 2023 J. H. Willem
Herstellung und Verlag: BoD - Books on Demand, Norderstedt

ISBN 978-3-75262-961-3

Kontakt:
www.adamstarck.net
E-mail: info@adamstarck.net

Coverfoto:
iStock, istockphoto.com

Was bisher geschah . . .

Adam Starck ist ein ehemaliger Kriminalhauptkommissar. Er lebt in einer kleinen Mietwohnung im Westen Hamburgs. Vor etwa einem Jahr wurde bei einem heftigen Schusswechsel im Luxusrestaurant Epicure seine damalige Dienstpartnerin erschossen.

Adam begann Ermittlungen auf eigene Faust und geriet in Konflikt mit seinen Kollegen, besonders mit Kriminalhauptkommissar Claus Edmond und mit seinem Vorgesetzten, Kriminaloberrat Karl Lehmann. Am Ende wurde Adam zwangspensioniert.

Wenige Wochen danach, Adam hatte gerade angefangen sich an sein neues Leben als Frühpensionär zu gewöhnen, entdeckte er mit seiner Nachbarin, der IT-Sicherheitsexpertin Lizzie Schmidt, eine Leiche. Ihr Nachbar lag tot in seiner Wohnung, offenbar Opfer eines Gewaltverbrechens.

Die Polizei nahm einen missglückten Einbruch an und betrachtete den Fall schnell als abgeschlossen. Zu schnell, nach Adams und Lizzies Ansicht. Sie begannen eigene Nachforschungen und stießen auf den einflussreichen Geschäftsmann Alfred Ophoven.

Nachdem sie unter Lebensgefahr den Fall aufgeklärt hatten, wurden die wahren Hintergründe von der Polizei vertuscht. Ophovens Rolle blieb im Dunkeln. Adam und Lizzie beschlossen, zusammen eine eigene Detektei zu eröffnen: Adam Starck & Partner.

Beware the Jabberwock, my son!
The jaws that bite, the claws that catch!
Beware the Jubjub bird, and shun
The frumious Bandersnatch!

Lewis Carroll

1

Rafael Colmar schlenderte die Straße entlang und sog die morgendliche Stadtluft ein. Seine linke Hand war lässig in der Hosentasche seiner Leinenhose vergraben, die Rechte pendelte, ein Smartphone haltend, an seiner Seite.

Er genoss den sonnigen Junimorgen im Eppendorfer Weg, einer belebten Wohn- und Geschäftsstraße im Westen Hamburgs. Es war noch kühl, aber man konnte schon die sommerliche Hitze ahnen, die für den Nachmittag angekündigt war.

Rafael liebte das geschäftige Treiben. Er liebte das Gemisch aus Aromen, den Brötchenduft aus der Bäckerei, die angebratenen Zwiebeln aus dem Imbiss, sogar den leichten Brateringsgeruch des synthetischen Motoröls einer frisierten Vespa, die laut knatternd vorbeifuhr.

In jüngeren Jahren hatte er das Landleben ausprobiert, er hatte es aber nur einige Monate ausgehalten. Er war eben durch und durch Stadtmensch, und gerade jetzt brauchte er das quirlige Stadtleben. Er musste etwas Abstand zum Streit der letzten Tage gewinnen.

Sein Ziel war das Café Paris-Brest, wo er sich, wie jeden Morgen um Punkt neun, ein französisches Frühstück gönnen würde. Rafael Colmars Tagesablauf war streng durchorganisiert. Er hatte bereits einige sehr geschäftige Stunden mit mehreren Telefonaten und Videokonferenzen hinter sich. Um fünf Uhr der tägliche Videocall mit seinem Entwicklerteam in Indien, um sechs ein Gespräch mit einem Kunden in Shanghai, um sieben ein Termin mit einer holländischen Spedition wegen des neuen Rechenzentrums. Um acht war ein Termin mit seinem Geschäftspartner Falk Askamp angesetzt, den dieser aber wieder mal ohne Entschuldigung hatte verstreichen lassen.

Rafael hatte sich zunächst geärgert, war aber am Ende froh, dadurch etwas mehr Zeit für seine E-Mails zu haben. Außerdem waren Gespräche mit Askamp sowieso meistens reine Zeitverschwendung. Er interessierte sich mehr für seine Autos, Polo und sein idiotisches Speedboat, als für die Zukunft ihrer Firma.

Auch der Rest von Rafaels Tag würde nicht besser aussehen: Ein Termin nach dem anderen, Telefonate, Meetings, E-Mails. Dazwischen Gespräche mit Mitarbeitern. Aber diese eine Stunde, die magische Stunde zwischen Morgenhektik und Vormittag, gehörte ihm.

Jeden Morgen spazierte er von seiner Wohnung zunächst ins Café Paris-Brest und fuhr dann mit dem Taxi weiter in seine Firma nach Bahrenfeld. Alle in der Firma wussten das: Zwischen neun und zehn war der Chef nicht zu erreichen – wichtige Besprechung, auf keinen Fall stören, falls jemand fragte.

Als er kurz vor dem Café an der Ampel stand, um die Straße zu überqueren, glitt gemächlich und leise surrend ein nagelneues, schwarzes Elektroauto an ihm vorüber. Rafael nickte dem Fahrer zu. Sie kannten sich vom Sehen. Ebenso wie Rafael schien der Fahrer feste Gewohnheiten zu haben. Er kreiste hier jeden Morgen um die gleiche Zeit und suchte einen Parkplatz, vermutlich einer der Ladenbesitzer des Viertels. Fasziniert sah Rafael dem fast lautlosen Auto nach.

Rafael setzte sich, wie immer bei schönem Wetter, an einen der kleinen Bistrotische vor dem Café. Er freute sich, dass sein Lieblingstisch in der Ecke zwischen der Hauswand und dem großen Blumentopf mit Bambus frei war, der einzige Tisch, der um diese Zeit schon in der Sonne stand. Pierre, der Inhaber, eilte herbei und begann mit einer eleganten Geste, leicht übertrieben, den Tisch abzuwischen.

»Moin Rafael. Wie immer?« Pierre hieß eigentlich Peter und war waschechter Hamburger, hatte allerdings jahrelang in Südfrankreich als Chef Pâtissier gearbeitet. Er legte größten Wert darauf, wie das Klischee eines echten, französischen Patrons auszusehen: Glatze, strenger Blick, schwarzer Schnurrbart, Bistroschürze und immer eine weiße und gebügelte Serviette im Schürzenband.

»Wie immer. Milchkaffee, ein Croissant und ein Pain au Chocolat, bitte.«

»Sehr gern, Paula bringt's dir gleich raus.« Pierre nickte und verschwand im Café.

Rafael atmete tief durch. Er lehnte sich zurück, schaltete sein Handy stumm, legte es auf den Tisch und sah sich um. Die Läden ringsum öffneten nach und nach ihre Türen, der Verkehr wurde etwas weniger hektisch. Die Schulkinder waren jetzt alle verschwunden, dafür tauchten umso mehr junge Leute mit Kinderwagen auf. Die kleinen Cafés füllten sich langsam, die ersten Paketboten tauchten auf. Und der Elektroautofahrer suchte noch immer einen Parkplatz. Rafael schmunzelte.

»Moin Rafael. Nicht träumen, hier kommt dein Frühstück«, sagte Paula, Pierres Frau, als sie gekonnt ein großes Silbertablett an den Tisch balancierte. »Wir haben neue Erdbeerkonfitüre, habe ich gestern aus Frankreich mitgebracht, alles bio und handgemacht. Du wirst begeistert sein. Und wie geht's bei euch so? Wie laufen die Geschäfte?«

»Ziemlich gut.« Rafael begann den kleinen Tisch zu ordnen. Links das Handy, dann der Teller mit dem Gebäck, das Schälchen mit der Konfitüre daneben, ganz rechts der Kaffee. Die Speisekarte und die Blumenvase etwas weiter weg. Alles rechtwinklig und im gleichen Abstand. »Ganz im Vertrauen, ich glaube, wir stehen kurz davor, endlich den Durchbruch zu schaffen. Unsere neue Software kommt ziemlich gut an. Wir können uns vor Anfragen kaum retten, und die Fachpresse überschlägt sich mit Lobeshymnen.«

»Das ist doch großartig. Hauptsache, du findest weiter die Zeit, jeden Morgen zum Frühstück zu uns zu kommen.«

»Du kannst dich drauf verlassen«, sagte Rafael. »Das Frühstück hier ist mein tägliches Highlight. Die einzige Stunde des Tages, in der ich mal zum Nachdenken komme. Ohne euch würde ich nicht überleben.«

»Na, dann denk mal schön nach, ich will dich nicht weiter stören. Und Grüße an Victoria.« Paula lächelte und wandte sich zwei neuankommenden Gästen zu. Rafael nahm seine Milchkaffeeschale in beide Hände, nippte kurz und lehnte sich zurück. Er dachte an seine Frau, mit der er heute Morgen nur kurz im Vorbeigehen gesprochen hatte. Er hatte sich zwischen zwei Videokonferenzen schnell einen Kaffee geholt, sie war gerade auf dem Sprung zu einem Banktermin. Sie hatten eben genug Zeit für ein paar belanglose Worte und einen flüchtigen Kuss gehabt. Er fragte sich, nicht zum ersten Mal, ob er ihrer Ehe nicht zu viel zumutete.

Rafael stellte die Schale auf den Tisch, schnappte sich sein Handy und tippte einige Notizen ein. Er war dabei, das Handy wieder vor sich abzulegen, als die Ruhe durch einen lauten Knall erschüttert wurde.

Er hörte Schreie. Eine Frau mit einem Säugling im Arm wollte vom Nebentisch wegrennen. Dabei stolperte sie über den Kinderwagen, der neben ihr stand, und warf einige Stühle um.

Überall war Chaos. Rafael sah sich verwirrt um, er erfasste nicht, was passierte und blickte im selben Moment direkt in die Scheinwerfer des schwarzen Elektroautos.

Er sah das verzerrte Gesicht des Fahrers mit weit aufgerissenen Augen. Genau wie Rafael schien er die unausweichliche Katastrophe zu sehen. Rafael riss die Arme hoch, um den Wagen aufzuhalten. Er wollte schreien. Dann spürte er einen Schlag und alles um ihn herum wurde schwarz. Zeit spielte keine Rolle mehr.

2

Adam Starck ging mit großen Schritten durch das Einfahrtstor des ehemaligen Lagerareals im Hamburger Schanzenviertel, in dem sich die Detektei Adam Starck & Partner befand. Er wurde mit einem gut gelaunten »Buenos días, Amigo« empfangen. Sein Nachbar Don Pablo de la Fuente winkte heftig und ließ dabei fast die Kreide fallen, mit der er die Angebotstafeln an seiner Ladentür beschriftete. Wie immer trug er einen bordeauxroten Arbeitskittel mit dem goldenen Logo seiner Firma.

Gleich im ersten Gebäude des Areals befand sich Don Pablos spanischer Supermarkt. Es war umgeben von einigen anderen alten Lagerhallen, die zu Restaurants, Läden oder Büros umgebaut worden waren. Die Büroräume der Detektei Adam Starck & Partner lagen direkt über dem Supermarkt, was Adam als ausgesprochenen Glücksfall betrachtete. Er liebte spanische Weine, Salami und Käse. Und noch mehr liebte er die Süßigkeiten.

»Du bist früh dran heute«, sagte Don Pablo. »Aus dem Bett gefallen?«

»Witzbold. Lizzie meinte, ich solle früher kommen, es gäbe eine Überraschung für mich. Ist sie schon da?«

»No, sie hätte bestimmt mal reingeschaut.«

Adam nickte Don Pablo zu und wollte weitergehen, als mit blubberndem Motor ein Auto durch die Einfahrt kam und direkt vor ihnen anhielt. Ein strahlend glänzender Peugeot 504 Cabrio, Baujahr 1976 mit geöffnetem Verdeck. Auf dem Fahrersitz saß Adams Partnerin Lizzie Schmidt, und strahlte wie ein Kind, das ein lang ersehntes Geschenk bekommen hatte.

Die linke Hand, mit einem schwarzen Lederhandschuh ohne Fingerkuppen, hatte sie am Lenkrad. Der rechte Arm lag lässig über der Lehne des Beifahrersitzes. Sie trug ihre uralte, nietenbesetzte Motorradjacke. Ihre streichholzlangen Haare standen in alle Richtungen, und deren orange Farbe harmonierte vorzüglich mit dem dunklen blaugrün des Autos. Auf ihrer Stirn saß eine verspiegelte Pilotensonnenbrille.

Adam und sein Nachbar sahen sich an. Auf Don Pablos Gesicht zeigte sich ein Schmunzeln. »Nicht schlecht, was?«, sagte er und stupste Adam mit dem Ellbogen an.

Adam wippte von einem Bein auf das andere, hielt seinen Kopf leicht schräg und begann sich am Kinn zu kratzen. Dann schüttelte er sich und machte eine abfällige Handbewegung.

»Lizzie, ist das dein Ernst? Soll das der neue Dienstwagen der Detektei sein?«

»Ja, ganz genau. Dieses Prachtstück ist ab sofort unser Firmenwagen. Er ist perfekt, nicht wahr?«

Lizzie strich ein paarmal langsam mit der Hand über

das Armaturenbrett. »Hat mir einer meiner Spezialkunden aus Dänemark besorgt. Supersonderpreis und erstklassig gepflegt. Der Vorbesitzer war Autosammler und ist so gut wie nie damit gefahren.«

»Ich will gar nicht so genau wissen, wo der Wagen herkommt.« Adam ging skeptisch um das Auto herum. »Als wir über ein neues Auto sprachen, dachte ich eher an etwas Praktisches, etwas Unauffälliges. Du weißt schon, einen Dienstwagen für eine seriöse Detektei eben. Einen dunkelgrauen Kombi vielleicht oder ein kleines SUV.«

»Mein lieber Adam, wenn du heutzutage etwas verkaufen willst, geht es vor allem ums Image. Unauffällig geht schonmal gar nicht«, sagte Lizzie. »Um mal bei den Helden deiner Generation zu bleiben: Kannst du dir Jerry Cotton in einem dunkelgrauen Kombi vorstellen? Oder Starsky & Hutch in einem familienfreundlichen Minivan? Oder Magnum in einem praktischen, kleinen SUV? Ein Detektiv braucht ein originelles Auto, sonst wird das nix.«

»Chili Palmer«, versuchte Adam zu kontern. »Minivan.«

»Kein Detektiv.«

»Also, ich meine, wo sie recht hat, hat sie recht«, sagte Don Pablo. »Und du musst zugeben, es ist wirklich ein wunderschönes Auto. Ich meine sogar, der 504 ist eines der schönsten Cabrios, die je gebaut wurden. Sieh dir diese Linienführung an. Dynamik, Eleganz. Ein echter Klassiker. V6 Motor. Ein Traum.«

Lizzie nickte Don Pablo anerkennend zu. »Siehst du, Adam, der Mann kennt sich aus.«

»Ja, fall du mir auch noch in den Rücken.« Sagte Adam zu Don Pablo und verdrehte die Augen. »Wir sind doch keine Groschenroman- oder Fernsehdetektive. Wir müssen Seriosität ausstrahlen, Diskretion, Vertrauenswürdigkeit. Wir wollen unerkannt bleiben und im Hintergrund arbeiten.« Adam blieb am Heck des Wagens stehen und hob die Arme. »Und was ist mit unauffälligen Beschattungen? Ich kann doch nicht mit so einem schicken Oldtimer Leute verfolgen.«

»Ja, schick ist er, nicht wahr? Aber keine Sorge, in Hamburg fällt so ein Auto überhaupt nicht auf. Und mal ganz im Ernst, wilde Verfolgungsjagden oder spektakuläre Stunts wie beim letzten Fall werden wir nicht so oft veranstalten. So aufregend ist das Detektivgeschäft ja meistens nicht. Im Notfall nehmen wir uns einfach eines dieser Carsharing-Autos, die hier überall rumstehen, und fahren das zu Schrott.« Lizzie sah ihn herausfordernd an.

»Aber – ich frage mich, warum gerade du einen Oldtimer fahren willst. Warum nicht was Modernes, voll computergesteuert und so weiter?«, fragte Adam.

»Brauchen wir nicht«, sagte Lizzie. »Das hier ist traditionelle Technik, solide Mechanik. Hier fahre ich und nicht der Computer, und das kann ich zur Not alles selbst reparieren. Die komplizierteste elektronische Komponente ist das Kassettenradio – original übrigens, und funktioniert noch.«

Adam zuckte mit den Schultern. Dann ging er langsam um das Auto herum, öffnete zögerlich die Tür und ließ sich in den Beifahrersitz fallen. Er betrachtete das altmodische Armaturenbrett, strich kurz mit einer Hand über das Holzlenkrad und klappte das Handschuhfach auf.

»Sieh mal, hier sind sogar noch alte Musikkassetten drin.« Er nahm eine mit *BASF Chromdioxid II C90* beschriftete Kassette heraus und lächelte verträumt. »Das war mal was Tolles, Chromdioxid-Kassetten. Da ist in den 80ern mein halbes Taschengeld für draufgegangen.«

»Ja, Opa«, sagte Lizzie, »damals, vor dem Krieg, als noch Postkutschen fuhren. Nun schieb schon rein.«

Er schaltete das Radio ein und schob die Kassette in den Schlitz. Rockin' all over the World von Status Quo ertönte mit voller Lautstärke. Adam zuckte zusammen und drehte die Musik leiser.

»Original Siebziger. Nicht schlecht. Also dann lass uns mal losfahren und das Schmuckstück ausprobieren. Auf geht's! Einmal Cityrunde bitte, an den Eiscafés vorbei, auch wenn die um dieses Zeit wahrscheinlich noch zu sind.«

»Jawohl Chef«, antwortet Lizzie und schob sich mit einer eleganten Handbewegung ihre Sonnenbrille auf die Nase. Sie ließ den Motor an, spielte ein wenig mit dem Gaspedal und legte den ersten Gang ein. Als sie losfuhr, drehte sie das Kassettenradio wieder auf und sang lautstark mit:

Oh here we are and here we are
And here we go
All aboard and we're hittin' the road
Here we go-ho
Rockin' all over the world

3

Eine Stunde später parkte Adam vor der Detektei ein. Er zog den Zündschlüssel ab, lehnte sich zurück und strich mit beiden Händen noch einmal über das Lenkrad.

»Du hast recht, das ist das perfekte Auto für uns. Es ist zwar gegen jede Vernunft und vermutlich auch unwirtschaftlich, aber was soll's, es macht einen Heidenspaß.«

»Siehst du, geht doch. Aber glaub jetzt ja nicht, dass du immer fahren darfst.« Lizzie schnappte sich den Autoschlüssel aus Adams Hand und sprang aus dem Wagen. »Sieh mal, die elegante Frau da bei Don Pablo. Kennst du die?«

»Nie gesehen, keine Ahnung. Sieht nach Business aus, vielleicht eine seiner Kundinnen?«

Don Pablo stand mit einer ganz in schwarz gekleideten Frau, etwa Anfang 40, an einem Stehtisch vor der Ladeneingangstür und trank mit ihr Kaffee. Ihr langes, dunkelbraunes Haar war streng zu einem Pferdeschwanz zurückgebunden. Vor ihr auf dem Stehtisch lagen ein Handy und eine dunkle Sonnenbrille. Don Pablo winkte Adam und Lizzie hektisch zu sich.

»Da seid ihr ja endlich«, rief er und ging auf sie zu. »Wie war die Probefahrt? Hier ist Besuch für euch. Die Dame hat nach euch gefragt und ich habe ihr gesagt, dass ihr gleich wieder kommt.«

»Guten Tag, mein Name ist Victoria Colmar.« Sie sprach zurückhaltend, fast sanft, aber sehr präzise. »Sie sind Lizzie Schmidt und Adam Starck, die Detektei Adam Starck & Partner, nicht wahr? Ihr Nachbar war sehr freundlich und hat mir die Wartezeit angenehm gemacht.«

Sie lächelte geschäftsmäßig und gab zuerst Adam und dann Lizzie die Hand.

»Ganz recht«, sagte Adam. »Kommen Sie doch mit in unser Büro, dann können wir herausfinden, wie wir Ihnen helfen können.«

»Vielen Dank für das nette Gespräch und den ausgezeichneten Kaffee, Don Pablo.«

»Pablo, nennen Sie mich doch einfach Pablo. Und schauen Sie mal wieder rein, wir haben auch hervorragende Weine.«

»Danke, wir sehen uns nachher«, sagte Adam und nickte seinem Nachbarn mit einem Augenzwinkern zu. Dann führte er Victoria Colmar zum Eingang des Büros.

»Was können wir denn für Sie tun, Frau Colmar«, fragte Adam, nachdem sie sich in der Sitzecke seines Büros niedergelassen hatten.

Die Frau saß kerzengerade auf der Kante der Couch, sah abwechselnd Adam und Lizzie an und nahm schließlich einen Schluck aus dem Glas Wasser, das Lizzie ihr serviert hatte.

»Sie müssen wissen, ich hatte noch nie mit richtigen Privatdetektiven zu tun, ich kenne das nur aus dem Fernsehen oder aus Kriminalromanen. Ich weiß auch gar nicht, ob ich bei Ihnen richtig bin. Ich komme mir fast ein wenig albern vor.«

»Keine Sorge, irgendwie können wir Ihnen bestimmt weiterhelfen«, sagte Lizzie. Sie warf Adam, der etwas zu lange auf Victoria Colmars übereinandergeschlagene Beine sah, einen kritischen Blick zu.

Colmar räusperte sich. »Sie – Sie haben bestimmt von diesem Vorfall letzte Woche gehört. Ein Auto ist in ein Café gerast, hier ganz in der Nähe. Ein Mann kam ums Leben und mehrere Gäste wurden verletzt.«

»Ja, natürlich«, sagte Lizzie. »Das war ja ein Riesenthema hier im Viertel.«

»Also, der Mann, der dabei umgekommen ist, war mein Ehemann, Rafael Colmar.«

»Unser herzliches Beileid, Frau Colmar. Ein wirklich tragischer Unfall«, sagte Adam.

»Vielen Dank. Aber genau das glaube ich nicht, also, dass es ein Unfall war. Die Polizei hat die Angelegenheit von Anfang an entsprechend behandelt, ein paar Striche auf die Straße gemalt, ein paar Fotos gemacht, ein paar Passanten befragt und das Ganze inzwischen wahrscheinlich zu den Akten gelegt. Auch in der Presse ist immer nur von einem Unfall die Rede gewesen. Aber ich glaube nicht, dass das ein normaler Verkehrsunfall war, ich kann das einfach nicht glauben. Ich hoffe, Sie halten mich nicht für verrückt, aber ich bin sicher, dass das ein gezielter Anschlag auf meinen Mann war.«

Victoria Colmar spielte nervös mit ihrem Ehering. Adam bemerkte, dass Lizzie eine Augenbraue hoch zog und tief einatmete.

»Wie kommen Sie denn zu diesem Schluss, Frau Colmar?«, fragte Adam. »Die Polizei hat den Vorfall sicherlich ordnungsgemäß bearbeitet und anscheinend nichts Verdächtiges festgestellt.«

»Es ist eigentlich nur so ein Gefühl, ich habe keine konkreten Beweise. Aber die Polizei hat gar nicht wirklich ermittelt. Ich habe den Beamten mehrmals gesagt, dass ich nicht an einen Unfall glaube, aber sie haben ihr Standardprogramm abgearbeitet und das war's dann. Die haben mich einfach als hysterische Ehefrau, die den Tod ihres Mannes nicht verkraftet, abgestempelt. Ich hatte sogar den Eindruck, dass ich den Beamten lästig wäre.«

»Frau Colmar, erzählen Sie mir doch bitte mehr über Ihren Mann. Was hat er beruflich gemacht, was für ein Mensch war er?«

»Er ist – also, er war Unternehmer. Rafael hat zusammen mit einem Partner, Falk Askamp, die Ascolog GmbH gegründet. Rafael war der eigentliche Kopf der Firma, er war eine Art Computergenie, müssen Sie wissen. Askamp hat das Startkapital mitgebracht, er kommt aus einer sehr reichen Familie, altes Hamburger Geld. Ich selbst kümmere mich um die Administration. Die Firma hat einige schwierige Jahre hinter sich, aber jetzt stehen wir kurz vor dem Durchbruch.«

»Was genau macht Ihre Firma denn?«, fragte Adam.

»Rafael hat mit einem Team von Spezialisten eine Softwarelösung für Logistikprobleme entwickelt, auf der Basis von künstlicher Intelligenz. Ich kann das gar nicht so genau erklären, ich verstehe leider nicht so viel von Computertechnik. Der Markt ist jedenfalls begeistert von unserem Produkt.«

»Und Sie vermuten, dass wegen dieser Software irgendjemand ihren Mann beseitigen wollte?«, fragte Lizzie.

»Ja, ich weiß, das klingt alles absurd. Aber es geht um sehr viel Geld, und die Konkurrenz in der Branche ist gnadenlos. Ich glaube, man hat ihn ermordet und wollte, dass es wie ein Unfall aussieht.«

Sie kniff die Lippen zusammen und sah auf den Fußboden, dann zog sie ein Papiertaschentuch aus ihrer Handtasche und schnäuzte sich.

»Bitte helfen Sie mir. Ich muss Gewissheit haben. Ich bin es meinem Mann schuldig, alles zu tun, um die Wahrheit herauszufinden. Und wenn es kein Unfall war, müssen Sie die Verantwortlichen finden.«

Adam lehnte sich zurück und musterte Victoria Colmar. Er sah zu Lizzie, die ein Nicken andeutete.

»Ich kann Ihnen noch nichts versprechen, Frau Colmar. Ich will Ihnen nichts vormachen, das ist alles sehr vage. Aber wir werden recherchieren und uns ein Bild machen. Geben Sie uns bitte einen Tag Zeit, dann werden wir uns bei Ihnen melden.«

4

»Glaubst du, an der Geschichte ist was dran?«, fragte Lizzie, nachdem sie die Tür hinter Victoria Colmar geschlossen hatte. Sie verschränkte die Arme und ließ sich mit dem Rücken gegen die Tür fallen.

»Ich weiß nicht. Sie macht zwar einen überzeugenden Eindruck, aber das klingt doch alles sehr weit hergeholt. Warum sollte ein Autofahrer vorsätzlich in ein Café rasen, um jemanden umzubringen?«

»Klingt fast nach einem Selbstmordattentat, aber das ergibt überhaupt keinen Sinn.«

»Mir würden spontan etliche einfachere und vor allem unauffälligere Möglichkeiten einfallen, um jemanden zu beseitigen.«

Lizzie nickte nachdenklich. »Also, ich fand die Colmar schon recht glaubwürdig. Aber du hast recht, einen solchen Unfall zu inszenieren wäre schon ziemlich abwegig.«

»Wahrscheinlich ist sie tatsächlich nur eine trauernde Witwe, die mit dem plötzlichen Tod ihres Mannes nicht fertig wird. Und jetzt sucht sie nach Erklärungen oder nach einem Schuldigen.«

»Kann ich sogar verstehen. Ich meine – peng! Einfach so mitten aus dem Leben gerissen, aus heiterem Himmel ...«

»Ich will die arme Frau jetzt auch nicht ausnehmen und wochenlang auf ihre Kosten arbeiten, nur um hinterher festzustellen, dass es gar nichts zu ermitteln gab.«

»Na, so wirklich arm sah sie ja nicht aus. Allein die Schuhe kosten etwa 500 Euro, da muss eine arme Detektivin lang für arbeiten. Ich glaube eher, dass wir es hier mit einer Geschäftsfrau zu tun haben, die genau weiß, was sie tut. Die würde bestimmt nicht ohne Grund einen solchen Verdacht äußern, und sogar noch Geld für Privatdetektive ausgeben.«

»Ich wusste noch gar nicht, dass du dich für Mode interessierst.«

»Doch, schon. Nur eben anders. Meine Stiefel sind mindestens genau so auf der Höhe der Mode wie die Pumps der Colmar, nur dass sie halt für 10 Euro aus dem Secondhandladen kommen und nicht von einem Schickimickidesigner aus Paris.«

»Also, du meinst, wir sollten uns mal umsehen?«

»Meine ich. Lass uns doch mal Claire anrufen und rausfinden, was die Polizei so sagt.«

Sie gingen in Adams Büro und wählten die Handynummer von Claire Muller, Adams ehemaliger Kollegin bei der Hamburger Mordkommission. Nach zweimal Klingeln wurde abgehoben.

»Sieh an, die Detektei Adam Starck & Partner. Was immer ihr wollt, die Antwort lautet: Nein. Mir klingeln jetzt noch die Ohren von dem Anpfiff, den ich nach unserer letzten Zusammenarbeit kassiert habe.«

»Moin Claire!«, sagte Adam. »Ich sehe, dir geht's gut. Fröhlich gelaunt, wie immer. Lizzie sitzt neben mir und hört mit.«

»Hallo Claire. Wird gar nicht schlimm. Diesmal gibt's keinen Ärger«, sagte Lizzie in die Freisprechanlage.

»Wenn ich jedes Mal einen Euro bekommen würde, wenn ich diesen Satz von euch höre, wäre ich reich«, sagte Claire. »Wie läuft's denn bei euch? Ich nehme an, ihr habt einen neuen Fall und braucht meine Hilfe.«

»Wir wären nichts, ohne dich«, erwiderte Adam. »Also hör zu, wir wurden eben beauftragt, in der Geschichte mit dem Unfall im Café Paris-Brest letzte Woche zu recherchieren. Wenn ich richtig informiert bin, habt ihr das als Unfall eingestuft und die Untersuchungen abgeschlossen.«

»Ja, das stimmt. Ich war selbst nur am Rande beteiligt, aber die Kollegen haben ihre Arbeit gründlich gemacht und keinerlei Anhaltspunkte für eine vorsätzliche Straftat gefunden. Das Verfahren läuft jetzt bei der Staatsanwaltschaft als Verkehrsunfall mit Todesfolge, das kann sich noch Jahre hinziehen. Aus unserer Sicht sind die Ermittlungen aber abgeschlossen. Die Frau des Mannes, der dabei umgekommen ist, hat uns allerdings immer wieder darauf hingewiesen, dass sie einen gezielten Anschlag vermutet. Ich nehme an, das ist eure Klientin?«

»Dazu darf ich nichts sagen«, erwiderte Adam.

»Ja, schon klar«, sagte Claire. »Ihr müsst aber zugeben, dass die Anschlagshypothese schon sehr abwegig ist.«

»Habt ihr euch im Umfeld des Opfers näher umgesehen?«, fragte Adam.

»Nur ein kurzer Routinecheck: Beruf, Familienverhältnisse und so weiter. Nichts Auffälliges. Für weitere Untersuchungen gab's keine Veranlassung. Wir haben uns also auf den Unfallhergang selbst konzentriert und auch das Auto genauer untersucht. Es gab keine Spuren einer technischen Manipulation.«

»Und was ist mit dem Fahrer?«, fragte Lizzie.

»Liegt im Koma und konnte noch nicht vernommen werden, aber er steht in keinerlei Beziehung zum Opfer und ist auch sonst eher unverdächtig. Sowas passiert leider immer wieder. Ständig brettern Leute beim Ein- oder Ausparken mit ihren Autos in Cafés oder Läden, weil sie aufs Gas statt auf die Bremse treten. Das hört sich vielleicht zynisch an, aber es war nur eine Frage der Zeit, bis mal jemand dabei umkommt. Unterm Strich: Wir haben nichts gefunden, das weitere Untersuchungen erfordern würde.«

»Ok, Claire. Danke erst mal«, sagte Adam.

»Haltet mich bitte auf dem Laufenden, ja? Könnte ja sein, dass doch mehr hinter der Geschichte steckt.«

»Machen wir, danke nochmal und Tschüss«, sagte Lizzie und legte auf. Sie lehnte sich zurück. »Ich frage mich, warum dein ehemaliger Chef die Ermittlungen so schnell abgeschlossen hat, das dauert doch normalerweise länger, oder? Kommt dir das nicht auch seltsam vor?«

»Der allseits hochgeschätzte Herr Kriminaloberrat Lehmann? Der ist ein Bürokrat und fürchtet nichts mehr als schlechte Statistiken und Budgetprobleme. Er will sicher seine Leute für Fälle einsetzen, die ihm schnelle Ergebnisse und gute Presse bringen. Warum sollte er sich mit einem Fall einer anderen Abteilung beschäftigen, der schon so gut wie aufgeklärt ist. Das hieße für ihn, Diskussionen mit den Kollegen vom Unfall, Gemecker von überlasteten Mitarbeitern und falls nach langwierigen Ermittlungen tatsächlich rauskommt, dass es sich um einen Unfall gehandelt hat, Diskussionen mit seinem Vorgesetzten. Da legt er das Ganze lieber zu den Akten, lässt seine Mitarbeiter erfolgversprechende Fälle bearbeiten und widmet sich seinem Golf Handicap und der Pflege seines Ansehens.«

»Betrachten wir's doch von der positiven Seite. Auf diese Weise kommen wir zu Klienten.«

»Der Optimismus der Jugend«, sagte Adam. »Aber alles in allem sind wir jetzt auch nicht viel schlauer. Irgendeine Idee, was wir als Nächstes machen?«

»Wir verbinden das Angenehme mit dem Nützlichen und gehen erst mal ins Café Paris-Brest frühstücken.«

»Das ist eine sehr gute Idee, die haben ausgezeichnetes französisches Gebäck. Ich fahre«, sagte Adam und streckte den Arm aus nach dem Autoschlüssel, der auf seinem Schreibtisch lag.

»Vergiss es, alter Mann!«, rief Lizzie, schnappte sich den Autoschlüssel und stürmte aus der Tür.

Grinsend schloss Adam das Büro ab und folgte ihr. Der dunkel gekleidete Mann, der neben Don Pablos Eingangstür wartete, zog sein Handy aus der Tasche und begann eine Textnachricht zu tippen. Adam bemerkte ihn nicht.

5

Blauer Himmel, Sonne, das Wetter war perfekt, um am späten Vormittag mit einem blank polierten Cabrio vor einem Café vorzufahren. Lizzie fand sofort einen Parkplatz direkt vor dem Eingang. Das Café war geöffnet, es standen Tische und Stühle auf dem Gehweg, einige Grünpflanzen waren zur Abgrenzung des Außenbereichs aufgestellt. Durch die großen Schaufenster sah man im Café einen Mann und eine Frau bei der Arbeit. Alles sah normal aus. Ungewöhnlich war lediglich, dass mittags, an einem Werktag, bei strahlendem Sonnenschein keine Gäste im Café oder im Außenbereich saßen.

»Na, dann wollen wir mal«, sagte Lizzie und stieg aus.

Adam folgte ihr langsam und sah sich dabei um. »Nichts mehr zu sehen von einem Unfall. Die haben hier wirklich gründlich aufgeräumt.«

Sie setzten sich an einen der Bistrotische, sofort kam der Inhaber des Cafés und begrüßte sie. Er lächelte freundlich unter seinem schwarzen Schnurrbart.

»Bonjour Madame, Bonjour Monsieur. Was darf's denn sein?« Er begann den Tisch abzuwischen, der eigentlich schon blitzsauber war. Mit einer routinierten Handbewegung rückte er die kleine Blumenvase, in der drei Blümchen in den Farben blau, weiß und rot standen, zurecht.

»Für mich ein kleines Frühstück, bitte, mit einem großen Milchkaffee.«

»Das Gleiche für mich«, sagte Adam.

Der Patron nickte kurz und verschwand im Café. Schon wenige Minuten später kam er mit der Bestellung zurück und servierte.

»Sagen Sie, hier fand doch vor einigen Tagen dieser Unfall statt, nicht wahr?«, sagte Lizzie.

Der Patron wischte sich die Hände an der Serviette ab, die er im Gürtel trug. »Ja, allerdings. Ein tragisches Unglück, der arme Rafael. Das war der Gast, der umgekommen ist, ein Stammgast.«

»Es ist erstaunlich, dass Sie schon wieder geöffnet haben«, sagte Adam. »Und man sieht hier tatsächlich nichts mehr von dem Unfall.«

»Ja, wir hatten Glück, wenn man das so sagen darf. Die Polizei war sehr schnell mit ihren Ermittlungen fertig und hat schon zwei Tage nach dem Unfall das Café wieder freigegeben. Und am Ende sind nur ein paar Tische und Stühle kaputtgegangen, Gott sei Dank sind die Fenster heil geblieben. Wir haben sofort alles wieder in Ordnung gebracht und gestern wieder geöffnet. Wissen sie, die Miete hier ist sehr hoch und das Café muss laufen, sonst bekommen wir Schwierigkeiten.«

»Verstehe.« Adam nippte an seinem Milchkaffee.

»Leider sind die Gäste noch etwas zurückhaltend«, fuhr der Patron fort. »Normalerweise ist der Laden mittags proppenvoll. Und heute – Sie sehen's ja selbst. Um ehrlich zu sein, Sie sind heute meine ersten Gäste.«

»An welchem Tisch saß denn der Gast, der umgekommen ist?«, fragte Lizzie.

»Warum wollen Sie das so genau wissen?«, fragte der Patron.

»Um ebenfalls ehrlich zu sein, wir beide sind Privatdetektive von der Detektei Adam Starck & Partner. Wir wurden beauftragt, uns diesen Unfall nochmal genauer anzusehen.«

»Ach Sie sind das. Victoria, hat mir schon gesagt, dass sie nicht an einen Unfall glaubt und Privatdetektive einschalten würde.«

Adam und Lizzie sahen sich verblüfft an.

»Wissen Sie, ich kann Victoria ja verstehen, aber die Polizei hat ihren Job gemacht und ich denke, das reicht. Ich würde gerne etwas Gras über die Sache wachsen lassen. Verstehen Sie mich nicht falsch, aber ich muss hier meinen Laden am Laufen halten. Gastronomie auf unserem Niveau erfordert ziemlich viel Einsatz, auch finanziell. Und wenn die Gäste Gerüchte über Mordanschläge hören, ist das nicht eben förderlich fürs Geschäft.«

»Na klar«, sagte Lizzie. »War es der Tisch nebenan?«

»Dort in der Ecke, wo jetzt der bunte Blumentopf steht, war es. Ich wollte keinen Tisch mehr dort hin stellen, und Rafael mochte Blumen. Der Tisch dort war sein Stammplatz.« Der Patron sah nachdenklich in die Ecke, dann drehte er sich um und ging ohne ein weiteres Wort wieder ins Café.

Lizzie stand langsam auf. Sie stellte sich hinter den Blumentopf und betrachtete eine Weile die Straße. Sie zog ihr Handy aus der Tasche und machte einige Fotos. Dann verließ sie den Bereich des Cafés und ging quer über die Kreuzung um noch mehr Fotos zu machen.

Sie fand Reste der Markierungen der Polizei und lief langsam die Strecke ab, die der Unfallwagen gefahren war, bis ins Café und zurück zum Blumentopf. Dann setzte sie sich wieder auf ihren Platz und nahm einen kräftigen Schluck von ihrem inzwischen lauwarm gewordenen Milchkaffee.

»Und? Was hast du entdeckt?«, fragte Adam.

Lizzie stellte die Milchkaffeeschale mit beiden Händen auf dem Tisch, brach ein großes Stück von ihrem Croissant ab und sagte: »Da stimmt was nicht.«

»Jetzt bin ich aber neugierig.«

»Also, angeblich kam das Auto von da hinten, aus Richtung Schanze. Dann soll der Fahrer in der Kreuzung plötzlich die Kontrolle verloren haben und genau hier ins Café gekracht sein.«

»So weit der offizielle Unfallhergang«, sagte Adam.

»Ich frage mich aber schon, warum er auf einer geraden Strecke die Kontrolle verlieren sollte, einfach so. Und sieh mal hier, an der Straße parken überall Autos. Da stehen Poller, Bäume und dieser grellbunt bemalte Elektrokasten. Der Unfallwagen hat nichts davon auch nur angekratzt, er ist sauber durch die Hindernisse manövriert, um dann genau hier einzuschlagen.«

»Na ja, merkwürdig, aber kann Zufall gewesen sein.«

»Wenn ich mir vorstelle, dass jemand auf der Kreuzung das Lenkrad verreißt, zum Beispiel weil er mit dem Handy rumspielt oder was auch immer, dann würde ich erwarten, dass das Auto direkt in diesen Baum hier knallt oder eins der geparkten Autos. Es ist schon ziemlich kompliziert genau diesen Punkt hier zu treffen, ohne irgendwo anders hängenzubleiben. Das muss man wollen, das war kein Zufall.«

»Du meinst ...«

»Das war keiner von den Parkunfällen, von denen Claire gesprochen hat. Ich meine, das war volle Absicht. Das war vielleicht wirklich ein gezielter Anschlag, entweder auf das Café, auf einen der anderen Gäste oder tatsächlich auf Rafael Colmar.«

Adam pfiff durch die Zähne und lehnte sich zurück. »Ein Mord getarnt als Verkehrsunfall. Eigentlich ein alter Klassiker, nur diesmal halt ziemlich ungeschickt für den Mörder, der gleich selbst lebensgefährlich verletzt wurde. Er hatte praktisch nicht den Hauch einer Chance, davon zu kommen.«

»Tja, wohl wahr. Wenn man in ein vollbesetztes Café donnert, sind die Chancen auf eine Fahrerflucht ohne Zeugen eher gering.«

»Würde zu einem Täter passen, der möglichst viel

Aufsehen erregen will und dem sein eigenes Leben egal ist. Ein Racheakt vielleicht? Ein Mordanschlag aus Leidenschaft? Aber den Eindruck hat der Fahrer anscheinend nicht gemacht. Laut Presse ist er ein unbescholtener, treusorgender Familienvater und ansonsten völlig unauffällig. Vielleicht aus irgendwelchen Gründen durchgeknallt?«

Lizzie zuckte mit den Schultern. »Fragt sich nur, warum die Unfallermittler der Polizei nicht misstrauisch geworden sind. Die haben doch bestimmt auch den Unfallablauf genauer untersucht.«

Adam rührte eine Weile versonnen in seinem fast leeren Milchkaffee, dann legte er seinen Löffel zur Seite. »Weißt du was, ich rufe jetzt die Colmar an, wir übernehmen den Fall.«

6

»Na, das nenne ich mal eine nette Location«, sagte Lizzie, als sie vor dem Bürogebäude der Ascolog GmbH ankamen. »Bestimmt nicht billig.«

Adam hatte direkt vor einem aufwändig renovierten Ziegelsteingebäude auf dem Gelände des ehemaligen Bahrenfelder Gaswerks geparkt. Durch die leicht getönten Scheiben der großen Sprossenfenster sah man das dezente Licht von Designerlampen, die der Beleuchtung alter Fertigungshallen nachempfunden waren. Einige Leute bewegten sich geschäftig, aber ohne Hast, im Gebäude.

»Sieht nach Geld, Erfolg und großer weiter Welt aus«, sagte Adam. »Was schätzt du, wie viele Leute mögen hier wohl arbeiten?«

»Hier im Gebäude so um die fünfzig, vielleicht siebzig, nehme ich an. Das ist bei Softwarefirmen schwer zu sagen. Viele Mitarbeiter arbeiten nicht vor Ort sondern von zuhause aus oder von sonst wo.«

»Los komm, wir wollen mal auf den Busch klopfen.« Adam stieg aus, richtete seine Lederjacke und machte sich auf den Weg zum Eingang, Lizzie folgte ihm.

Hinter der automatischen Tür lag ein langer, grauer

Teppich, an dessen Ende ein elegant geschwungener Empfangstresen aus Holz und Beton stand. Dahinter saß eine junge Frau mit etwas zu blonden Haaren. Adam vermutete eine Praktikantin. Sie nickte ihnen freundlich zu.

»Schönen guten Tag, wir sind Lizzie Schmidt und Adam Starck von der Detektei Adam Starck & Partner«, sagte Adam.

»Guten Tag Herr Starck, Frau Schmidt. Wie kann ich Ihnen helfen?«, fragte die Blonde und schenkte Adam ein Instagram-Lächeln.

»Ist Frau Colmar im Haus, oder vielleicht Herr Askamp?«

»Sekunde bitte«, sagte sie, beugte sich über ihre Tastatur und begann zu tippen. »Ich bedaure, leider sind weder Frau Colmar noch Herr Askamp anwesend. Hatten Sie einen Termin?«

»Ist denn sonst jemand aus der Geschäftsleitung zu sprechen?«, fragte Lizzie. »Es geht um eine sehr wichtige, vertrauliche Angelegenheit.«

Die Praktikantin sah Lizzie und Adam abwechselnd an, lächelte kurz und tippte dann wieder. »Ich könnte Frau Ngcobo, unsere kaufmännische Leiterin, anrufen. Wäre das in Ordnung? Bitte setzen Sie sich doch, es wird sicher nicht lange dauern.« Sie wies mit einer Hand in Richtung einer Sitzecke, die durch große Zimmerpflanzen etwas abgeschirmt war.

Adam und Lizzie machten es sich in den modernen Ledersesseln bequem. Die Praktikantin telefonierte und beobachtete sie dabei misstrauisch aus den Augenwinkeln.

»Riechst du das? Diesen leichten Lavendelduft?«, fragte Adam.

»Duft-Design. Lavendel ist gut gegen Stress und soll die Mitarbeiter leistungsfähiger machen. Die überlassen hier wirklich nichts dem Zufall«, sagte Lizzie.

Trotz der Größe des Raumes waren die Geräusche gedämpft. Zwei Mitarbeiter gingen zügig durch die Halle in Richtung Ausgang und diskutierten. Sie sprachen leise, gestikulierten aber aufgeregt. Adam vermutete, dass das Personal nach dem plötzlichen Tod eines der Chefs nervös war und sich Gedanken um die Zukunft machte.

Hinter der Rezeption befand sich eine Glaswand, durch die man in die Büroräume im Erdgeschoss und in der ersten Etage sehen konnte. In den Räumen standen Stellwände mit großen Bilder von Hamburger Hafenanlagen: Schiffe, Van Carrier, Kaianlagen, alte Kräne. Sie nahmen sich beide je eine der aufwändig gedruckten Broschüren, die auf dem Couchtisch auslagen und begannen zu blättern.

»Scheint ein ganz interessantes Unternehmen zu sein«, sagte Lizzie. »Victoria Colmar hat wohl nicht übertrieben. Wenn man dem hier glauben darf, sind sie eine der weltweit führenden Firmen, was den Einsatz künstlicher Intelligenz in der Logistik betrifft.«

»Ja, das sind wir tatsächlich«, sagte eine freundliche Stimme neben ihnen. »Herzlich willkommen hier bei

Ascolog. Mein Name ist Amalia Ngcobo, ich bin die kaufmännische Leiterin. Sie sind Lizzie Schmidt und Adam Starck, nicht wahr? Und habe ich das richtig verstanden, Sie sind Privatdetektive?«

Vor ihnen stand eine etwa vierzig Jahre alte Frau in einem eleganten, dunkelblauen Businesskostüm mit streng zurückgebundenen, schwarzen Haaren. Hinter einer filigranen, goldenen Brille blitzten dunkelbraune, fast schwarze Augen hervor. Sie lächelte freundlich und streckte ihnen die Hand zum Gruß entgegen.

»Ganz richtig«, sagte Adam, stand auf und schüttelte ihr die Hand. »Wir würden gern mit Ihnen über Rafael Colmar sprechen. Wir arbeiten im Auftrag von Victoria Colmar. Sie hat uns gebeten, Hintergründe zu seinem Unfall aufzuklären.«

»Ich bedaure, dazu kann ich Ihnen nichts weiter sagen. Ich war ja nicht dabei«. Ngcobos eben noch freundliche Augen wurden abweisend. Sie sah kurz zur Seite und trat dann einen Schritt zurück. »Ich fürchte, Sie verschwenden Ihre Zeit. Bei uns werden Sie nicht viel über diesen Unfall herausfinden können. Wir sind natürlich alle sehr betroffen, aber wir wissen eigentlich auch nur das, was in der Zeitung stand. Sie sagen, Victoria Colmar hat Sie beauftragt?«

»So ist es.« Adam nickte kurz. »Sie haben sehr eng mit Herrn Colmar zusammengearbeitet, nicht wahr?«

»Ja, sicher. Die Firma gehört zwei gleichberechtigten Partnern, Falk Askamp und Rafael Colmar, den beiden Gründern. Als kaufmännische Leiterin bin ich für die

Finanzen und die Buchhaltung verantwortlich. Natürlich arbeite ich eng mit den Inhabern zusammen.«

»Wer übernimmt denn jetzt die Firmenanteile von Herrn Colmar?«

»Dazu kann ich Ihnen nichts sagen. Das müssen Sie Victoria Colmar fragen. Das ist vor allem eine erbrechtliche Angelegenheit, mit der die Firma erst mal nichts zu tun hat. Wir werden uns zu gegebener Zeit mit den Erben auseinandersetzen.«

»Herr Colmar war der technische Kopf des Unternehmens, nicht wahr?«, fragte Lizzie. »Wer wird denn jetzt seine Rolle einnehmen?«

»Rafaels Verlust hat hier eine große Lücke hinterlassen. Die meisten Patente, auf denen unser Erfolg aufbaut, gehen auf ihn zurück.« Ngcobo sah auf den Fußboden und wurde nachdenklich. »Aber wir haben ein überaus qualifiziertes und ehrgeiziges Entwicklerteam, das durchaus in der Lage ist, die anstehenden Herausforderungen mit Bravour zu meistern und unsere Projekte weiter nach vorne zu bringen. Sind wir jetzt fertig? So gern ich mich weiter mit Ihnen unterhalten möchte, ich bin leider sehr beschäftigt.«

»Wie war denn das Verhältnis zwischen den beiden Inhabern, Herrn Askamp und Herrn Colmar?«, fragte Adam weiter.

»Professionell.« Amalia Ngcobo zuckte mit den Schultern. »Die beiden kannten sich seit dem Studium und haben direkt danach die Firma gegründet. Herr Colmar war für die Technik verantwortlich und hat sich um die wichtigen Kunden gekümmert. Für mich war er auch der hauptsächliche Ansprechpartner. Herr Askamp hält den Kontakt zu unseren Investoren und nimmt repräsentative Aufgaben wahr. Er ist deshalb auch meistens unterwegs.«

»Verstehe«, sagte Lizzie. »Gab es Streit zwischen Askamp und Colmar?«

Amalia Ngcobo zögerte. »Offenen Streit habe ich nie beobachtet. Sie waren nicht immer einer Meinung und hatten vielleicht ein etwas angespanntes Verhältnis. Das ist im Geschäftsleben nicht ungewöhnlich. Aber was rede ich, das hat doch mit dem Unfall nichts zu tun.« Sie blickte auf ihre Armbanduhr. »Ich habe ganz die Zeit vergessen. Ich muss mich jetzt wirklich entschuldigen, eine wichtige Videokonferenz wartet auf mich, ich möchte mich nicht verspäten.«

Amalia Ngcobo verabschiedete sich eilig mit einem kurzen Händedruck und einem Lächeln, dann verschwand sie wieder in den Büroräumen. Auf dem Weg sprach sie noch kurz mit der Praktikantin hinter dem Tresen, die sofort zu Adam und Lizzie eilte.

»Vielen Dank für Ihren Besuch, Frau Schmidt, Herr Starck. Ich bringe Sie noch kurz zur Tür.«

»Danke, wir finden den Weg«, sagte Lizzie. Als sich die Glastür hinter ihnen geschlossen hatte, fragte sie Adam: »Sag mal, hat das Mäuschen uns eben rausgeworfen?«

»Sieht ganz so aus, und sie hat das professionell wie eine Große gemacht. Ich habe den Eindruck, dass wir hier nicht willkommen waren.«

»Und was die Ngcobo betrifft, ich glaube, die könnte uns noch sehr viel mehr erzählen«, sagte Lizzie. »Hast du gesehen, wie sie sich immer umgesehen hat? Als ob sie sich beobachtet fühlte.«

»Vielleicht zurecht. Oben im ersten Stock hinter der Glaswand stand die ganze Zeit einer mit dem Handy am Ohr und hat zu uns heruntergesehen.«

7

»Eine große Pizza Romana für zwei, aber mit extra vielen Anchovis, bitte«, bestellte Lizzie.

»Anchovis? Im Ernst?« Paul Olsen zog eine Augenbraue hoch und schüttelte sich kurz. Sie saßen auf Barhockern an einem der Stehtische vor einem kleinen, italienischen Restaurant im Eppendorfer Weg, das für seine authentischen Pizzen berühmt war. Olsen schenkte Wein ein und prostete Lizzie zu, sie reagierte allerdings nicht und sah abwesend den vorbeifahrenden Autos hinterher.

»Hallo, hallo! Erde an Lizzie! Du scheinst nicht recht bei der Sache zu sein. Noch bei der Arbeit?«

»Ja, entschuldige bitte. Wir haben da einen neuen Fall, also eigentlich wissen wir noch gar nicht, ob das überhaupt ein Fall ist. Es ist alles ein wenig verworren.«

»Wenn es das nicht wäre, bräuchte man ja auch keine Detektive, nicht wahr?« Olsen schwenkte sein Weinglas und betrachtete den Inhalt. »Aber sag mal, was ich mich schon die ganze Zeit frage: Wie kommt es eigentlich, dass ausgerechnet jemand wie du Privatdetektivin wird?«

»Also hör mal, ausgerechnet jemand wie ich. Was soll das denn jetzt heißen? Glaubst du Privatdetektive müssen immer um die fünfzig sein, einen Bierbauch und Haarausfall haben und zynisch sein? Und am besten noch einen ausgebeulten Anzug tragen?«

»Zumindest bist du die erste Privatdetektivin, die ich kennengelernt habe. Und du musst zugeben, dass Punk-Outfits in eurer Branche auch nicht so häufig vorkommen. Ich hätte bei einer Detektivin eher ein dezentes, graues Kostüm erwartet.«

»Na klar. Sowas hatte ich zuletzt bei meiner Konfirmation an. Und woher willst du das wissen? Detektive leben ja grade davon, dass sie nicht wie Detektive aussehen. Und wer weiß, vielleicht sind die meisten Hamburger Punks getarnte Privatdetektive«, antwortete Lizzie. Sie richtete sich auf und sah Olsen herausfordernd an.

»Ich hab's schon immer geahnt, wir werden alle beobachtet«, sagte Olsen mit Verschwörermiene.

»Nehmen wir zum Beispiel die beiden mit den Bierflaschen da drüben auf der Bank. Sehen sie nicht völlig harmlos und unverdächtig aus? Ich weiß aus vertraulicher Quelle, dass das getarnte Detektive im supergeheimen Geheimeinsatz sind. Sieh nicht hin!«

Lizzie beugte sich langsam über den Tisch und sah Olsen eindringlich in die Augen. »Sie kommen wegen dir, Paul Olsen. Die haben dich auf dem Kieker. Die beschatten dich seit Wochen, jede deiner Bewegungen, und du merkst es gar nicht. Du hast keine Chance. Die kriegen dich dran. Die kommen, dich zu holen.«

»Ja, genau so sehen sie aus. Die kommen höchstens, um sich eine Zigarette zu schnorren.«

»Perfekt getarnt, siehst du?«

»Aber jetzt mal im Ernst. Wie kam das mit eurer Detektei? Und wieso nennt ihr euch eigentlich nicht Lizzie Schmidt & Partner oder Schmidt & Starck oder so?«

»Das mit dem Namen ist leicht erklärt. Ich arbeite gelegentlich noch als – sagen wir mal – freischaffende IT Sicherheitsexpertin für einige – sagen wir mal – spezielle Kunden.«

»OK, schon klar. Ich frage nicht weiter.«

»Ja und die Geschichte mit Adam kam nach einem Mordfall in unserem Wohnhaus. Adam ist mein Nachbar, weißt du? Er ist Ex-Kripo-Beamter. Da gab's wohl mal irgendeine unschöne Geschichte, eine Schießerei bei einem Einsatz. Seine Kollegin ist dabei ums Leben gekommen und Adam kam mit der Aufarbeitung des ganzen Schlamassels durch seine Vorgesetzten nicht gut zurecht. Kurz und gut: Wir haben den Mord an unserem Nachbarn aufgeklärt, Adam hatte nichts weiter zu tun, ich war von meinem Job gelangweilt, und da haben wir beschlossen, zusammen eine Detektei aufzumachen.«

»Da kommt auch schon die Pizza.« Paul Olsen machte Platz auf dem Tisch.

»Vielleicht wirst du ja auch noch Detektiv«, sagte Lizzie. »Gib's zu, es hat dir Spaß gemacht, uns beim letzten Fall zu helfen.«

»Ein bisschen, aber meinen Job als Systemadministrator mag ich auch ganz gern. Und der neue Fall, der
dich so beschäftigt, worum geht's da.«

»Der Unfall im Café Paris-Brest, hast du doch mitbe-
kommen, oder?«

»Na klar, war ja überall in der Presse.«

»Ich frage mich die ganze Zeit, wie das passieren
konnte. Wie kann ein Autofahrer in der Stadt einfach
so die Kontrolle verlieren und das Auto rast dann in ein
Café. Normalerweise fährt man an dieser Ecke höchstens 30, meistens sogar nur Schrittgeschwindigkeit.
Ich finde das Ganze noch immer etwas unwahrscheinlich.«

Olsen sah versonnen in sein Weinglas. »Vielleicht
ein Computerproblem?«

»Interessante Theorie. Das hat die Polizei meines
Wissens gar nicht untersucht.«

»Also, es gab schon viele Unfälle, bei denen die Fahrer sich blind auf Assistenzsysteme verlassen hatten.«

»Das passt hier nicht. Der Fahrer war vermutlich
auf Parkplatzsuche, da macht man keinen Autopiloten
an.«

»Vielleicht hat der Computer von sich aus einfach
Gas gegeben? Ein Softwarefehler? Allerdings gab es
bisher noch keinen einzigen Fall, bei dem ein Auto
sich von sich aus selbständig gemacht hätte.«

»So wie in diesem alten Kinoklassiker, Christine?«,
sagte Lizzie lachend. »Glaubst du, wir haben es mit
einem verfluchten Auto zu tun, das Menschen um-
bringt?«

Olsen hatte Mühe, seine Pizza nicht auf den Tisch zu prusten. »Eher nicht. Auf jeden Fall könnte das, wenn sich ein technischer Defekt als Ursache herausstellt, ein ziemlich spannender Schadenersatzfall werden. Stell dir das mal vor, wenn eines der modernsten Autos auf dem Markt plötzlich aufgrund eines Computerfehlers Leute umfährt. Ich glaube, da würdet ihr viele interessante Leute kennenlernen.«

»Dann müsste ich vielleicht doch nochmal ein Kostüm anziehen.« Lizzie wurde nachdenklich. »Aber in diese Richtung haben wir noch gar nicht gedacht. Das klingt zwar weit hergeholt, aber durchaus möglich. Wir werden auf jeden Fall mal nachforschen. Da hat sich der Abend mit dir ja schon gelohnt.«

»Ich kenne jemanden, der sich ziemlich gut mit autonomem Fahren und mit Assistenzsystemen auskennt. Ich kann ja mal nachfragen, vielleicht finde ich noch mehr raus. Und schade, dass wir nicht in Amerika sind, da könntest du mit einem solchen Fall stinkreich werden.«

»Ach, wer braucht schon Reichtümer. Ich habe hier hervorragenden Wein, eine ausgezeichnete Pizza und angenehme Gesellschaft. Was meinst du, wollen wir gleich mal zahlen und gehen? Den Wein können wir ja mitnehmen.«

8

Am nächsten Tag, pünktlich zur Mittagszeit, verließ Amalia Ngcobo das Gebäude der Ascolog und spazierte zu einem Foodtruck um die Ecke. Lizzie hatte in der Nähe des Bürogebäudes geparkt und die Eingangstür beobachtet. Sie stieg aus dem Wagen und folgte Amalia Ngcobo mit etwas Abstand.

Ngcobo holte sich einen Cheeseburger mit Süßkartoffelpommes und setzte sich an einen der kleinen Klapptische, die neben dem mobilen Imbiss aufgebaut waren. Lizzie wartete einige Minuten, kaufte sich eine Portion Pommes mit Ketchup und setzte sich zu ihr.

»Hallo Frau Ngcobo, welch ein Zufall. Darf ich mich zu Ihnen setzen?«

»Sie sitzen ja schon, und ich glaube nicht, dass Sie zufällig hier sind. Aber dies ist ein freies Land und ich kann Ihnen nicht verbieten, hier zu essen, Frau Detektivin.«

»Verdammt, Sie haben mich durchschaut. Dabei habe ich mich wirklich bemüht, das wie Zufall aussehen zu lassen.«

»Haben Sie nicht. Ich denke, Sie könnten das besser.«

»Vermutlich«, sagte Lizzie. Sie tunkte eines ihrer Pommes frites in den großzügigen Klecks Ketchup, den ihr der Verkäufer auf den Teller geklatscht hatte. »Aber im Ernst, ich hatte gestern in der Firma das Gefühl, dass wir alle ein wenig angespannt waren. Und ich wollte mich einfach nochmal in einer etwas lockereren Atmosphäre mit Ihnen unterhalten.«

»Raffiniert, ich muss schon sagen …« Ngcobo betrachtete Lizzie über den Rand ihrer Brille.

»Also, ich komme direkt zur Sache. Wie war das mit den beiden Geschäftsführern, Askamp und Colmar. Sie haben gestern einige Andeutungen gemacht, aus denen wir nicht recht schlau geworden sind.«

Amalia Ngcobo atmete tief durch und tupfte sich den Mund mit ihrer Serviette ab. Sie setzte sich gerade, kniff die Lippen zusammen. Dann sagte sie zögerlich: »Ich wollte gestern nicht zu deutlich werden, Askamp hat uns beobachtet.«

»Der Mann mit dem Handy hinter der Glasscheibe? Das war Falk Askamp? Ich dachte, der war gar nicht im Haus, die junge Frau an der Rezeption hat sowas gesagt.«

»Er lässt sich gerne mal verleugnen.« Ngcobo rollte mit den Augen, sie entspannte sich wieder etwas. »Er ist meistens sehr beschäftigt, wenn Sie wissen, was ich meine.«

»Ok, ich verstehe. Also, Colmar war der Kopf der Firma und Askamp …«

»Benutzt die Firma als Spielplatz und als persönliche

Geldquelle. Es gab häufig mal Konflikte zwischen den beiden. Bisweilen auch ziemlich heftige.«

»Aber warum hat Colmar sich nicht einfach von Askamp getrennt?«

»Das wäre gar nicht so einfach gewesen. Rafael hatte zwar die Ideen, aber sonst nichts, außer der Firma. Und Askamps Familie brachte das Geld mit. Ich vermute, sein Vater war froh, dass der Sohn etwas Vernünftiges machen wollte und hat ihn großzügig unterstützt. Inzwischen ist Askamps Vater gestorben, das Familienvermögen wird von einer Stiftung verwaltet und Falk musste sich etwas einschränken. Aber zum Glück fließt jetzt Geld von Investoren in die Ascolog. Askamp und Rafael haben sich oft über die Verwendung dieses Geldes gestritten.«

»Sie mögen Askamp nicht besonders, nicht wahr?«

»Wir haben nicht viel miteinander zu tun, er kümmert sich wenig um die Niederungen der Betriebswirtschaft. Er treibt sich meistens im Poloklub herum oder zieht sich mehrere Tage in sein Haus auf Sylt zurück, um über neue Projekte nachzudenken, wie er das nennt. Vermutlich überlegt er sich, welche Farbe sein nächster Porsche haben soll.«

Lizzie grinste wissend. »Wie sieht's aus, darf ich Sie noch zu einem Kaffee einladen?«

»Aber gern, einen Americano bitte, schwarz. Und nehmen Sie gleich die Teller mit.«

Als Lizzie mit zwei Tassen Kaffee wieder an den Tisch kam, saß der Mann, den sie am Vortag hinter der

Scheibe gesehen hatte, auf ihrem Platz. Er war braungebrannt, trug Jeans, Sneakers und ein rosafarbenes Poloshirt. Seine Linke Hand, an deren Handgelenk locker eine Rolex Daytona hing, lag auf dem Tisch. In der Rechten hatte er eine Sonnenbrille, mit der er lässig herumspielte.

»Frau Schmidt, darf ich vorstellen, das ist Falk Askamp, der Geschäftsführer der Ascolog«, sagte Amalia Ngcobo.

»Sehr angenehm, Frau Schmidt.« Askamp stand auf und gab Lizzie die Hand. »Ich hörte, Sie und Ihr Kollege waren gestern bei uns und wollten mich sprechen? Sie sind Privatdetektivin, nicht wahr? Sieht man einer hübschen, jungen Frau wie Ihnen gar nicht an.«

»Ich – ja, ich bin von der Detektei Adam Starck & Partner«, antwortete Lizzie.

»Leider konnte ich Sie nicht empfangen. Wichtige Termine. Aber ich fürchte sowieso, dass Sie Ihre Zeit verschwenden.«

Lizzie wechselte kurz einen Blick mit Ngcobo. »Ja, ich verstehe schon, Sie haben gerade jetzt bestimmt sehr viel zu tun. Aber gut, dass wir uns zufällig hier treffen, Herr Askamp. Ich würde Ihnen gern einige Fragen zu Rafael Colmar stellen. Sie wurden sicherlich informiert, dass wir im Auftrag der Witwe Nachforschungen über seinen Unfall anstellen. Wollen wir uns nicht setzen?«

Askamp blieb stehen. »Da gibt es nichts zu fragen und es gibt für Sie und ihren Kollegen auch nichts zu forschen. Rafael ist Opfer eines tragischen Verkehrsunfalls geworden. Die Polizei hat den Vorfall gründlich untersucht und ist genau zu diesem Ergebnis gekommen. Die arme Victoria ist schockiert und ich kann auch verstehen, dass sie das nicht so ohne Weiteres akzeptieren kann. Aber ich versichere Ihnen, Sie werden bei uns nichts finden. Hier gibt es keinen Kriminalfall, mit dem Sie sich profilieren könnten.«

»Aber Herr Askamp, finden Sie den Unfall nicht auch etwas merkwürdig?«

»Daran ist nichts merkwürdig. Ein Autofahrer hat die Kontrolle über sein Fahrzeug verloren und ist in ein Café gerast. Es mag bedauerlich sein, aber sowas passiert. Nochmal, Sie verschwenden Ihre Zeit.«

»Wie war denn Ihr Verhältnis zu Herrn Colmar?«

»Das geht Sie nichts an. Ich muss Sie außerdem bitten, meine Mitarbeiter nicht weiter zu belästigen. Sie werden Ihnen ohnehin nichts über Firmeninterna erzählen. Alle unsere Mitarbeiter sind vertraglich zu strengster Vertraulichkeit verpflichtet und halten sich auch daran, sonst würden sie das Risiko empfindlicher Vertragsstrafen eingehen, nicht wahr Amalia?« Dabei sah er Ngcobo mit einem durchdringenden Blick an.

»Ja, so ist es«, antwortete sie.

»Und nun müssen wir wieder in die Firma, Amalia. Sofort! Wir haben noch einen wichtigen Termin.«

»Aber ja, Chef«, antwortete Ngcobo und sah Lizzie mit einem angedeuteten Schulterzucken an. Sie nahm noch einen hastigen Schluck von ihrem Kaffee und stand auf.

»Es war sehr nett, Sie kennengelernt zu haben, Frau Schmidt. Aber bitte belästigen Sie uns nicht weiter«, sagte Askamp. »Suchen Sie sich einen Fall, in dem es wirklich etwas aufzuklären gibt.« Ohne einen Gruß von Lizzie abzuwarten drehte er sich um und machte eine Kopfbewegung zu Ngcobo um sie zum Aufbruch aufzufordern.

»Ja, hat mich auch gefreut«, murmelte Lizzie vor sich hin und sah den beiden hinterher.

9

Als Lizzie wenig später zurück in die Detektei kam, saßen Adam und Claire Muller auf der Couch in Adams Büro. Auf dem Couchtisch standen Kaffeetassen, daneben lag eine aufgerissene Tüte mit Franzbrötchen.

»Hallo Lizzie, da bist du ja endlich«, rief Claire. Sie sprang auf und begrüßte Lizzie mit einem Küsschen auf die Wange.

Lizzie holte sich ebenfalls eine Kaffeetasse, machte es sich auf der Couch bequem und angelte sich ein klebriges Franzbrötchen aus der Tüte. »Ihr werdet es nicht glauben, ich habe eben nochmal mit Amalia Ngcobo, der kaufmännischen Leiterin der Ascolog gesprochen. Ich habe sie in ihrer Mittagspause abgepasst, und rein zufällig ist auch der geheimnisvolle Falk Askamp aufgetaucht. Der ist übrigens ein ziemlich widerlicher Zeitgenosse, wenn ihr mich fragt. Seine Mitarbeiter scheinen auch nicht allzu viel von ihm zu halten, aber das tut seinem Ego keinen Abbruch.«

»Passt zu den Andeutungen von Victoria Colmar«, sagte Adam. »Bei ihr schien Askamp auch nicht sonderlich beliebt zu sein. Claire hat neben diesen umwerfenden Franzbrötchen übrigens auch Neuigkeiten aus dem Kommissariat mitgebracht.«

»Ja, also, irgendwie ist das alles sehr merkwürdig. Unser Gespräch gestern hat mir keine Ruhe gelassen, ich musste einfach die Akten nochmal durchgehen. Dann habe ich mit einigen Kollegen darüber diskutiert, und mittendrin bekomme ich plötzlich einen Anruf von Lehmann persönlich, der mich anschnauzt, ich solle die Finger von abgeschlossenen Fällen anderer Abteilungen lassen. Ich solle mich gefälligst um die aktuellen Vorgänge kümmern, damit hätte ich genug zu tun und so weiter. Ich dachte, mich streift ein Bus, der war richtig in Fahrt.«

»Aber wieso sollte Lehman sich einmischen und auf die Bremse treten, wenn du dir einen Fall nochmal ansiehst, das ist doch ganz normal, oder?«, fragte Lizzie.

»Genau, das ist es eben. Er mischt sich sonst nie direkt in unsere Arbeit ein.«

»Was ja vermutlich auch besser ist«, sagte Adam. »Gab's denn irgendetwas Neues zu dem Unfall? Weißt du inzwischen mehr über den Unfallfahrer?«

»Eric Zelmer, ein Gastronom. Unauffällig, beliebt, keine Vorstrafen. Er hat mehrere Lokale hier in Hamburg, die laufen wohl alle ganz gut. Ihm gehört eine nette, kleine Weinbar, nicht weit entfernt vom Unfallort. Er kommt jeden Morgen zwischen neun und zehn dorthin, über dem Lokal liegt sein Büro. Tja, und er hat wohl auch ein Alkoholproblem. Die Blutuntersuchung hat Restalkohol von 0,3 Promille ergeben, er muss also am Vorabend ordentlich gefeiert haben. Er liegt zwar nicht mehr im Koma, ist aber noch immer nicht vernehmungsfähig. Aber ich denke, seine Aussage wird auch nichts mehr ändern. Die Ärzte vermuten, dass er sich an den Unfallhergang nicht erinnern wird.«

»Dann ist der Fall ja eigentlich klar«, sagte Adam und lehnte sich zurück. »Alkoholisierter Fahrer verliert die Kontrolle über sein Auto und rast in ein Café. Ein tragischer Verkehrsunfall.«

»Und das Auto war nagelneu, er hatte es erst seit zwei Wochen«, sagte Claire.

»Alkohol, neues Hightech-Auto, da gibt's nicht mehr viele Fragen, oder? Ich kann schon nachvollziehen, dass ihr den Fall damit zu den Akten legt«, sagte Adam.

»Ja, es scheint, als wäre alles klar. Aber mir ist das alles viel zu einfach«, sagte Lizzie. »Ich bin immer noch der Meinung, dass der Weg, den das Auto von der Straße ins Café zurückgelegt hat, für einen Unfall zu komplex ist. Für mich sieht das so aus, als wäre der Fahrer gezielt auf Colmar zugerast und wäre dabei sehr geschickt an mehreren parkenden Autos und einem Stromkasten vorbeigefahren. Das kann doch kein Zufall sein. Und 0,3 Promille ist zwar zu viel, aber so viel dann auch wieder nicht.«

»Aber warum sollte ein erfolgreicher Gastronom einen IT-Unternehmer umbringen wollen, und noch dazu sein eigenes Leben und seine Gesundheit aufs Spiel setzen, ganz zu schweigen von seinem neuen Auto.« Adam lehnte sich zurück, betrachtete das Franzbrötchen in seiner Hand und suchte die beste Stelle, um genüsslich hineinzubeißen.

»Wir haben untersucht, ob es irgendeine Verbindung zwischen Zelmer und Colmar gibt«, sagte Claire.

»Da ist absolut nichts. Die sind sich höchstens mal zufällig auf der Straße begegnet. Und nach allem, was ich weiß, ist Zelmer ein grundsolider Geschäftsmann und ganz sicher kein durchgeknallter Selbstmordattentäter oder gar ein eiskalter Profikiller, der sein eigenes Leben riskiert um einen Mord zu vertuschen.«

»Lizzie, hast du irgendetwas herausgefunden, das für irgendjemanden ein Motiv sein könnte, Colmar zu beseitigen?«, fragte Adam. »Wenn man seiner Frau glauben darf, hatte er ja keinerlei Feinde und war auch sonst eine Seele von Mensch.«

Lizzie schüttelte wortlos den Kopf und machte sich noch einmal über die Tüte mit Gebäck her.

»Du meinst, es steckt noch jemand anders dahinter?«, fragte Claire. »Auftragsmord? Ein manipuliertes Auto und ein vorgetäuschter Unfall? Finstere Hintermänner? Bisschen kompliziert, nicht wahr? Und wie du schon sagtest, was sollte das Motiv gewesen sein?«

»Colmars Geschäftspartner Askamp ist ja schon ein ziemlicher Stinkstiefel«, sagte Lizzie. »Ihm selbst würde ich aber nicht unbedingt einen Mord zutrauen, und so einen komplizierten Plot schon gar nicht. Der ist eher von der Abteilung große Klappe und nichts dahinter.«

»Außerdem dürfte es eher in seinem Interesse gewesen sein, dass Colmar die Firma nach vorne bringt«, sagte Adam. »Ohne Colmar dürfte es für ihn über kurz oder lang ziemlich anstrengend werden.«

»Es scheint aber durchaus Spannungen in der Firma zu geben«, sagte Lizzie. »Ich weiß nur noch nicht genau, warum. Die Ngcobo hat zwar einige Andeutungen gemacht, aber mehr auch nicht.«

»Was passiert denn jetzt mit den Firmenanteilen von Colmar?«, fragte Claire.

»Die erbt Victoria«, sagte Adam. »Völlig unstrittig. Ich habe heute nochmal mit ihr telefoniert. Sie weiß noch nicht, wie es für sie weitergeht.«

»Kann man ja auch verstehen«, sagte Lizzie.

»Sie scheint aber ohne ihren Mann kein großes Interesse an der Firma zu haben, sie wird wohl verkaufen.«

Lizzie, Claire und Adam rührten in ihren Kaffeetassen.

»Wisst ihr was, ich werde jetzt diesem Herrn Askamp mal auf den Zahn fühlen«, sagte Adam. »Lizzie, kannst du inzwischen noch mehr über die Firma herausfinden? Ich glaube, dort finden wir den Schlüssel zu der ganzen Geschichte. Ich nehme den Wagen.«

10

»Guten Tag Herr Starck. Schön, Sie wieder zu sehen. Was kann ich diesmal für Sie tun?« Die Praktikantin am Empfang der Ascolog legte ihr Handy beiseite, hielt den Kopf leicht schräg und zeigte Adam exakt das gleiche Lächeln wie bei seinem letzten Besuch.

»Ich möchte zu Herrn Askamp, könnten Sie mich bitte anmelden?«

»Haben Sie einen Termin?«

»Ich habe keinen Termin, und es wird auch nicht lange dauern. Könnten Sie ihm bitte mitteilen, dass ich hier auf ihn warte? Ich werde seine kostbare Zeit nicht lange beanspruchen. Ich habe nur einige Fragen, und es ist sehr wichtig.«

Adam legte beide Hände auf den Tresen und lächelte die Praktikantin an. Die junge Frau rutschte unsicher auf ihrem Stuhl herum und begann hektisch auf ihrer Tastatur zu tippen.

»Ich bedaure sehr, Herr Starck, aber leider ist Herr Askamp gar nicht im Hause.«

»So ein Pech. Können Sie ihn vielleicht auf seinem Handy anrufen oder mir die Nummer geben? Ich muss ihn dringend persönlich sprechen, jetzt gleich.

Oder wissen Sie vielleicht, wo ich ihn antreffen kann? Es ist wirklich sehr wichtig.«

»Ich darf Herrn Askamp nur im Notfall anrufen, und die Nummer darf ich Ihnen auch nicht geben. Und wo er gerade ist, kann ich Ihnen leider nicht sagen. Es tut mir sehr leid, Herr Starck. Ich würde Ihnen ja gern helfen, aber ...«

»Ja, ja, schon gut.« Adam legte seine Karte auf den Tresen. »Bitte richten Sie ihm aus, er möge mich anrufen, wenn er wieder kommt.«

»Sie könnten ihm auch eine E-Mail schicken«, sagte die Praktikantin zögerlich.

Adam sah sie frostig an. »Ja, ganz sicher«, sagte er dann und machte sich ärgerlich auf in Richtung Ausgang.

»Herr Starck, einen Augenblick bitte!«

Adam drehte sich um, Amalia Ngcobo kam auf ihn zu, in der einen Hand einen Aktenkoffer, mit der anderen winkte sie freundlich.

»Verzeihen Sie bitte, Herr Starck. Ich habe zufällig ihr Gespräch am Tresen mit angehört. Die Praktikantin hat strenge Anweisungen, die Telefonnummer von Herrn Askamp nicht herauszugeben. Herr Askamp achtet sehr auf seine Privatsphäre. Seien Sie ihr bitte nicht böse, sie macht nur ihren Job.«

»Ah, Frau Ngcobo. Schön, Sie wieder zu sehen«, sagte Adam und streckte ihr die Hand zum Gruß entgegen. Die Praktikantin schaute misstrauisch von ihrem Tresen herüber. Als Amalia Ngcobo sich kurz zu ihr drehte, duckte sie sich hinter ihren großen Monitor und fing wieder an zu tippen.

Ngcobo stellte ihren Aktenkoffer neben sich ab und nahm Adams Hand. »Ich habe heute Mittag schon mit ihrer Kollegin gesprochen. Eine sehr kluge Frau, sehr unkonventionell. Leider habe ich jetzt gar keine Zeit, mich mit Ihnen zu unterhalten, Herr Starck. Wie Sie sehen, wartet mein Taxi schon vor der Tür. Ich muss zu einem Besichtigungstermin in die Innenstadt, wir suchen neue Büroräume. Aber einen kleinen Tipp habe ich für Sie: Wenn Sie Falk Askamp sprechen wollen, versuchen Sie es am besten im Poloclub, dort ist er meistens um diese Zeit. Im Club treffen Sie ihn sowieso eher an als im Büro.«

»Danke, ich verstehe schon«, sagte Adam. »Wenn Sie möchten, kann ich Sie fahren, Frau Ngcobo. Dann können wir uns noch ein wenig unterhalten. Ich hätte da noch einige Fragen, bei denen Sie mir sicher weiterhelfen können.«

»Das ist sehr nett von Ihnen, aber machen Sie sich keine Umstände. Das ist wirklich nicht nötig«, sagte sie und nahm ihren Aktenkoffer wieder auf. »Mein Taxi steht ja schon da, und ich habe es wirklich eilig. Ein andermal vielleicht Herr Starck.«

»Sie haben mir sehr geholfen, vielen Dank, Frau Ngcobo.« Er wollte noch eine weitere Frage stellen, doch sie drehte sich um, winkte kurz über ihre Schulter und verschwand durch den Ausgang. Die Praktikantin am Tresen sah ihr mit zusammengekniffenen Augenbrauen hinterher.

Glück muss man haben, dachte Adam. Mit einem leichten Schulterzucken und einem Grinsen verließ er ebenfalls das Gebäude und fuhr Richtung Groß-Flottbek zu Askamps Poloclub.

11

Am Poloklub angekommen, entschied sich Adam, zunächst in den Ställen nach Askamp zu fragen. Auf dem Weg dorthin fesselte ein Trainingsspiel auf dem Polofeld seine Aufmerksamkeit. Zwei Mannschaften spielten mit mäßigem Einsatz, während am Spielfeldrand zwei ältere Herren leidenschaftlich fachsimpelten. Adam blieb stehen und betrachtete amüsiert die Szenerie.

»Sieh an, was für eine Überraschung. Der weltberühmte Privatdetektiv Adam Starck erweist uns die Ehre seines Besuchs. Interessieren Sie sich neuerdings für Polo, Herr Starck?«

Adam drehte sich überrascht um und wich reflexartig einen Schritt zurück. »Alfred Ophoven. Mit Ihnen hätte ich hier am wenigsten gerechnet.«

Adam stand einem etwa sechzigjährigen Mann gegenüber, den man früher als stattlich bezeichnet hätte. Er trug einen hellgrauen, dreiteiligen Anzug und statt Krawatte einen Seidenschal mit aufwändigem Paisleymuster. Der perfekte Sitz des Anzugs ließ Adam auf teure Maßarbeit schließen. Der Mann stützte sich auf einen schwarzen Ebenholzstock mit Silberknauf.

»Was führt Sie denn zu uns, Herr Starck? Sie kommen doch sicher nicht zufällig vorbei. Ich nehme nicht an, dass Sie sich für unseren edlen Sport interessieren. Oder vielleicht doch? Möchten Sie sich für eine Mitgliedschaft in unserem Club bewerben? Ich könnte ein gutes Wort für Sie einlegen. Ich darf in aller Bescheidenheit sagen, dass ich gewisses Ansehen im Club genieße. Die Aufnahmegebühr ist leider beträchtlich, aber wir finden sicher eine Lösung.«

»Sie spielen Polo, Herr Ophoven? Wer hätte das gedacht. Sie sind ein Mann voller Überraschungen.«

»Früher, Herr Starck, früher. In meiner Jugend, in Argentinien, war ich sehr aktiv. Durchaus erfolgreich, wie ich in aller Bescheidenheit sagen darf. Dann zwang mich ein Unfall dazu, mich auf andere Dinge zu konzentrieren.« Ophoven klopfte mit seinem Stock auf sein linkes Bein.

Adam fragte sich, wie schon bei ihrer ersten Begegnung, ob in dem Stock ein Dolch oder ein Degen verborgen war.

»Sehen Sie die Spieler dort auf dem Feld?«, fuhr Ophoven mit einer großen Geste fort. »Ist es nicht faszinierend, wie die Männer ihre Pferde beherrschen? Wie sie in der Auseinandersetzung mit ihren Gegnern eins werden mit ihrem Tier? Im Grunde geht es, wie in so vielen Sportarten, auch im Polo um den Kampf, um den Krieg. Sie sehen auf den ersten Blick Sportler, die sich um einen Ball rangeln, aber in Wahrheit haben Sie es hier mit Kriegern zu tun, die bis zum Äußersten gehen, um den Sieg zu erringen.« Ophoven sah über das Spielfeld hinweg in die Ferne. Dann drehte er sich zu Adam und richtete sich direkt vor ihm auf. »Was wollen Sie hier, Herr Starck?«

Adam ging einen Schritt auf Ophoven zu. »Auch wenn es Sie verwundern mag, Herr Ophoven, ich bin heute nicht wegen Ihnen hier.« Er sah seinem Gegenüber direkt in die Augen. »Ich suche eines Ihrer Clubmitglieder, Falk Askamp. Kennen Sie ihn?«

Ophoven hielt Adams Blick einige Sekunden, dann hob er sein Kinn und wandte sich langsam wieder Richtung Spielfeld. »Aber natürlich kenne ich Falk. Er ist hier seit seiner frühen Jugend Mitglied, wie auch schon sein Vater und sein Großvater. Ich bin der Familie seit vielen Jahren persönlich sehr verbunden. Er ist dort auf dem Spielfeld, die Nummer 4 mit dem roten Trikot.« Ophoven hob die rechte Hand und gab Askamp einen Wink, zu ihm zu kommen. »Die Spieler sind gerade fertig mit ihrer Trainingseinheit, er wird Ihnen gleich zur Verfügung stehen.«

»Sie haben auch hier das Kommando? Interessant.«

»Ich bin kein Befehlshaber, Herr Starck. Sie schätzen mich falsch ein. Aber mein Wort findet an manchen Stellen durchaus Gehör.«

Nachdem er sein Pferd einer jungen Frau übergeben hatte, kam Askamp, den Helm unter den Arm geklemmt, auf Adam und Ophoven zu. Im Gehen zog er seine Handschuhe aus. Er begrüßte Ophoven mit Handschlag, zögerte einen Augenblick und streckte dann Adam seine Hand entgegen.

»Guten Tag, mein Name ist Falk Askamp.«

»Falk, das ist Adam Starck«, sagte Ophoven mit einer leicht abfälligen Handbewegung in Richtung Adam. »Er ist Privatdetektiv, wir kennen uns geschäftlich. So könnte man doch sagen, Herr Starck, nicht wahr?«

»Sie sind der Detektiv, der in meiner Firma war? Der wegen des tragischen Unfalls von Rafael Colmar herumschnüffelt? Erst lauert Ihre Kollegin meiner Mitarbeiterin auf und jetzt kommen Sie hierher? Was wollen Sie von mir? Halten Sie sich gefälligst raus aus meinen Angelegenheiten und verschwinden Sie, sofort!«

»Nun mal langsam, Herr Askamp«, sagte Adam. »Ich schnüffle nicht hinter Ihnen her, ich möchte Sie um Ihre Unterstützung bitten. Ich versuche, im Namen meiner Auftraggeberin, die Hintergründe des plötzlichen Todes von Rafael Colmar herauszufinden. Ich hätte einige Fragen, bei denen Sie mir bestimmt weiterhelfen können.«

»Ich weiß, dass Victoria Sie beauftragt hat.« Wütend warf Askamp seine Handschuhe zu Boden. »Verdammt nochmal, der ist nicht zu trauen.«

»Haben Sie ein Problem mit Frau Colmar?«, fragte Adam.

»Das geht Sie nichts an, halten Sie sich gefälligst raus!«, fauchte Askamp und baute sich vor Adam auf.

Ophoven trat neben Askamp und legte eine Hand auf seine Schulter. »Adam Starck ist ein sehr gründlicher Detektiv, musst du wissen. Er kann sich nicht einfach heraushalten, auch wenn es besser für ihn wäre. Adam Starck ermittelt sogar dort, wo es nichts zu ermitteln gibt. Das hat ihm schon viel Ärger eingebracht, nicht wahr Herr Starck? Eigentlich sollte er jetzt bei der Hamburger Kriminalpolizei arbeiten und ganz entspannt auf seine reguläre Pensionierung warten, aber leider musste sein Vorgesetzter ihn wegen einiger Vorfälle zwangspensionieren. Lehmann, du kennst ihn aus dem Golfclub, Falk.«

»Verschwinden Sie, Starck. Und halten Sie sich aus meiner Firma und meinen Angelegenheiten heraus.« Askamp war Adam sehr nahe gekommen und hielt ihm seinen Zeigefinger vors Gesicht. Mit der anderen Hand umklammerte er seine Handschuhe.

»Es ist gut jetzt«, sagte Ophoven. Seine Hand lag noch immer auf Askamps Schulter. »Du musst dich um dein Pferd kümmern.«

Askamp atmete tief durch, dann bückte er sich und hob seine Handschuhe auf. Als er sich wieder aufgerichtet hatte, nickte er Ophoven zu und machte sich ohne ein weiteres Wort auf den Weg zu den Ställen.

»Die stürmische Jugend«, sagte Ophoven. »Seien Sie vernünftig, Herr Starck, und lassen Sie's gut sein. Die Polizei hat ihre Arbeit getan. Rafael Colmar ist einem tragischen Unfall zum Opfer gefallen und mehr muss Sie nicht interessieren. Ich werde mit Victoria Colmar sprechen und ihr alles erklären. Ich werde auch dafür sorgen, dass Sie Ihr ausstehendes Honorar erhalten. Weitere Ermittlungen Ihrerseits sind nicht erforderlich.«

»Wie gut kennen Sie Frau Colmar?«, fragte Adam.

»Gehen Sie jetzt«, sagte Ophoven kalt und machte einen Wink mit seiner rechten Hand in Richtung Parkplatz.

»Ist sie ...«

»Gehen Sie!«, wiederholte Ophoven ungerührt.

»Nun denn, hat mich gefreut, Herr Ophoven«, sagte Adam. »Sie haben mir heute wertvolle Informationen gegeben, danke für Ihre Hilfe. Wir sehen uns sicher bald wieder.«

Adam drehte sich um und ging langsam Richtung Parkplatz. Im Gehen richtete er seine Jacke und nickte mit einem gequälten Lächeln der Angestellten zu, die ihn begrüßt hatte. Als er am Restaurant vorbeiging, blieb er mit dem Arm an einem Blumenkasten hängen, er konnte ihn gerade noch auffangen und verhindern, dass er zu Boden fiel. Adam sah nicht zurück.

12

Am nächsten Morgen lief Adam seine extralange Strecke, einschließlich einer Runde um die Alster. Er hatte schlecht geschlafen, das Gespräch mit Ophoven hatte ihm die ganze Nacht im Kopf herumgespukt. Er hatte sich vorführen lassen, wie ein Anfänger. Wer war dieser Ophoven eigentlich? Offensichtlich kannte er wichtige Leute in Hamburg und anscheinend hatte er Einfluss. Trotzdem hatte Adam vor dem Fall mit Eddie Wilkens nie etwas von ihm gehört. Er startete einen Sprint und rannte, bis er keine Luft mehr bekam. Er musste einen klaren Kopf bekommen.

Als er wieder in seine Straße einbog, verschnaufte er etwas und ging kurz in die Bäckerei Hansen. Zwei Brötchen, zwei Croissants und eine kurze Plauderei mit der Verkäuferin, so wie jeden Morgen.

An seiner Haustür schoss ihm ein aufgeregter, kleiner Hund entgegen, offensichtlich in Spiellaune. Dahinter kam blinkend und laut quäkend ein kleines, ferngesteuertes Polizeiauto, gefolgt vom fünfjährigen Timmy, der laut rief: »Platz da für die Polizei! Das ist eine Verfolgungsjagd! Der Räuber darf nicht entwischen.«

»Langsam, Timmy! Vorsicht!«, rief seine Mutter, die verlegen lächelnd die Treppe herunterkam. »Entschuldige Adam, das hat ihm seine Oma zum Geburtstag geschenkt und seitdem ist er der Schrecken der Straße.«

»Bei so viel Einsatz hat der Räuber keine Chance, Timmy wird in bestimmt gleich schnappen.«

»Wenn nicht vorher der Akku leer wird«, sagte Timmys Mutter und eilte der wilden Verfolgungsjagd hinterher.

Kaum hatte Adam geduscht und sich zum Frühstück hingesetzt, klingelte sein Handy.

»Einen schönen, guten Morgen Claire, wie geht's denn so?«

»Bestens. Es hat sich etwas Neues zum Unfall von Rafael Colmar ergeben. Bist du schon wach?«

»Na hör mal! Schieß los!« Er schaltete auf Lautsprecher und begann sich ein Brötchen mit Marmelade zu schmieren.

»Unser Unfallfahrer, Eric Zelmer, ist wieder vernehmungsfähig. Er ist noch schwach, aber es geht ihm schon wieder ganz gut, also den Umständen entsprechend, meine ich. Eine Kollegin konnte gestern noch kurz mit ihm sprechen.«

»Und was sagt er? Mach's nicht so spannend, Claire.«

»Er hat Schwierigkeiten, sich zu erinnern. Er sagt, er war wie jeden Morgen unterwegs in sein Büro und musste eine ganze Weile kreisen, weil er, wie immer, keinen Parkplatz fand. Wie du weißt, gibt es ja gerade eine Menge Baustellen in Eimsbüttel. Die Leute sollten wirklich mehr mit dem Fahrrad zur Arbeit fahren ...«

»Claire!«

»Schon gut, nur keine Hektik. Also, das wirklich Interessante ist, dass Zelmer sich den Unfall überhaupt nicht erklären kann. Er meint, sein Auto hätte ganz plötzlich von selbst ruckartig beschleunigt. Er schwört Stein und Bein, dass er nicht aufs Gaspedal getreten ist. Er konnte nichts machen, er hatte keine Kontrolle mehr, weder Lenkung noch Bremsen hätten funktioniert. Und ab dann kann er sich an gar nichts mehr erinnern. Völliger Blackout. Die Ärzte sagen, das ist ganz normal, die Chancen stehen gut, dass er sich irgendwann wieder erinnert, das kann eben dauern. Sie sagten aber auch, dass die Erinnerungen vielleicht nicht zuverlässig sein könnten.«

»Ich habe ja schon viele Ausreden von betrunkenen Unfallfahrern gehört, aber das ist mal eine der Originelleren. Ein Auto, das sich selbständig macht. Ihr glaubt ihm das doch nicht etwa, oder?«

»Natürlich nicht. Die Kollegen haben sich den Wagen angesehen, da war nichts Auffälliges, keine Spuren von technischer Manipulation, der Wagen war in Ordnung. Zelmer ist Mitte vierzig und damit auch keiner von unseren üblichen Kandidaten, die beim Ein- oder Ausparken in Schaufenster donnern. Für uns bleibt die offizielle Unfallursache Trunkenheit am Steuer. Ich vermute mal, dass er aus Versehen aufs Gas statt auf die Bremse getreten ist, auch, wenn er das nicht wahrhaben will. Und gerade so ein Elektroauto mit mehr als 400 PS schießt dann ja sofort davon, da kann man schon nachvollziehen, dass der Fahrer die Kontrolle verliert. Es geht ja wirklich nur um Sekundenbruchteile.«

»Also ihr geht immer noch von einem normalen Verkehrsunfall aus?«, fragte Adam. »Soweit man das als normal bezeichnen kann.«

»Angesichts der Fakten, ja. Kontrollverlust des Fahrers aufgrund von Trunkenheit am Steuer. Wir können beim besten Willen keinen Vorsatz erkennen, und Dritte scheinen auch nicht im Spiel gewesen zu sein. Es sei denn, du hast neue Erkenntnisse.«

»Leider nein, Lizzie und ich versuchen gerade, etwas mehr Hintergründe zur Firma von Colmar zu recherchieren. Es scheint zwar nicht alles eitel Sonnenschein zu sein, aber im Grunde sieht das alles ganz normal aus. Ich bin übrigens unserem Herrn Ophoven gestern begegnet.«

»Alfred Ophoven? Hat der auch was mit dem Fall zu tun?«

»Er scheint recht gut bekannt zu sein mit Askamp. Ich habe die beiden im Poloclub getroffen.«

»Na sieh mal einer an. Du willst mir jetzt aber nicht erzählen, es gäbe da eine Verbindung zu Colmars Tod?«

»Sieht im Moment nicht so aus, aber es ist schon seltsam, dass Ophoven gerade jetzt und in Begleitung von Falk Askamp auftaucht. Wir bleiben auf jeden Fall dran. Irgendetwas stimmt mit dieser Firma nicht, und die Unfalltheorie ist mir einfach zu simpel, bei allem Respekt.«

»Das ist aber noch nicht alles, oder?«

»Und außerdem bin ich mit Ophoven noch nicht fertig. Mir ist nicht klar, welche Rolle er bei der ganzen Sache spielt.«

»Wahrscheinlich gar keine. Lass dich besser nicht von deinen persönlichen Animositäten ablenken. Hamburg ist ein Dorf, die ehrbaren Kaufleute kennen sich eben und natürlich wird auch bei uns, wie überall, geklüngelt. Dass er dir zusammen mit Askamp begegnet ist, kann einfach Zufall sein.«

Adam starrte vor sich hin.

»Sei vorsichtig«, sagte Claire. »Du verrennst dich da vielleicht. Es muss nicht immer gleich die große Verschwörung sein, manchmal sterben Leute auch bei ganz normalen Unfällen.«

»Erst mal danke, für die Infos, Claire. Ich mache mich jetzt auf den Weg in die Detektei und dann sehen wir weiter. Ich melde mich bei dir, wenn es was Neues gibt.«

Adam legte auf und lehnte sich auf seinem Stuhl zurück, nahm sein Marmeladenbrötchen, betrachtete es eine Weile und biss dann genüsslich hinein. Ein Auto, dass sich selbständig macht. Verrückte Geschichte.

13

»Hier soll es sein? Mitten in den Schrebergärten?«, fragte Adam, als er den Peugeot an einer Kleingartenanlage auf der Billerhuder Insel abstellte.

»Ich habe Paul eben eine Nachricht geschickt, dass wir gerade ankommen, er will uns abholen«, sagte Lizzie. »Und da vorne steht er auch schon.«

Sie gingen zu Paul Olsen, der sie in einem uralten, ausgebleichten Arbeitsoverall voller Farbflecken begrüßte. Er wischte sich die Hände an einem ölverschmierten Lappen ab. »Kommt mit in mein verwunschenes Reich«, sagte er und führte sie durch ein rostiges Gartentor, das von einer wild wuchernden Hecke eingerahmt war.

»Hübsch hier«, sagte Lizzie. »Schön chaotisch, gefällt mir.«

»Ja, nicht wahr? Hier in unserer Anlage ist es zum Glück nicht so wichtig, dass die Radieschen in Reih und Glied stehen.«

Nach einigen Schritten kam eine kleine Hütte mit einer Veranda, von Büschen umgeben.

»Kommt rein«, sagte Olsen und öffnete die Tür. Der Innenraum der Hütte war eine Mischung aus Küche und Werkstatt. Es gab einen alten Esstisch mit einer Eckbank und zwei Stühlen, deren Polster mit einem verschlissenen, hellblauen Plastikbezug versehen waren.

»Sehr gemütlich«, sagte Lizzie und betrachtete ein Regal voller Werkzeug und Kisten mit Schrauben, Kabeln und Motorteilen. »Hier verbringst du also deine Freizeit? Und was bastelst du hier so?«

»Achtung! Trommelwirbel!«, sagte Olsen und öffnete eine Schiebetür an der Rückwand der Gartenlaube. »Tataa!«

Adam und Lizzie blieb der Mund offen stehen. Hinter der Schiebetür öffnete sich der Blick auf ein kleines Paradies. Eine Rasenfläche erstreckte sich über etwa 10 Meter bis direkt ans Ufer der Bille. Auf dem Fluss tuckerte gerade ein kleines Boot vorbei. Am gegenüberliegenden Ufer sah man mehrere Kleingärten, direkt am Wasser. Hätte Adam es nicht besser gewusst, er hätte nicht geglaubt, dass sie sich gerade mitten in einem Hamburger Industriegebiet befanden. Vor Olsens Grundstück lag ein kurzer Bootssteg, und daran festgemacht war ein klassisches, italienisches Motorboot. Komplett aus Holz und tipptopp gepflegt.

»Das ist mein ganzer Stolz, eine alte Riva. Hab ich vor einigen Jahren in Venedig als Schrotthaufen gekauft und eigenhändig restauriert. Momentan bin ich am Motor.«

»Respekt!«, sagte Lizzie. »Hätte ich dir gar nicht zugetraut.«

»Tja, es gibt noch einiges, was du über mich lernen kannst, wenn du willst«, sagte Olsen grinsend.

»Könnt ihr beiden Turteltäubchen euch noch etwas zurückhalten?«, sagte Adam. »Wir sind ja nicht zum Vergnügen hier«.

»Jawohl Chef«, sagte Lizzie und zwinkerte Olsen zu. Sie setzten sich, jeder von Olsen mit einer Flasche Bier ausgestattet, an den Bootssteg. Lizzie erzählte von den neuesten Entwicklungen des Falls und der Aussage von Eric Zelmer.

»Und jetzt ist die Preisfrage, ob man tatsächlich ein Auto einfach so fernsteuern kann, nicht wahr? Glaubt ihr, irgendjemand hat den Unfallwagen gekapert und als Mordwaffe verwendet?«

»Es klingt unwahrscheinlich, aber das ist eine unserer Ideen«, sagte Lizzie. »Ich könnte mir schon vorstellen, dass ein solcher Hack möglich ist, aber soweit ich weiß, hat das noch nie jemand tatsächlich geschafft. Die vernetzten Autos sind schon ziemlich gut abgesichert.«

»Wir müssen die Möglichkeit zumindest genauer untersuchen, um sie ausschließen zu können«, sagte Adam.

»So wie Sherlock Holmes, nicht wahr?«, sagte Olsen und hob seinen Zeigefinger. »Wenn du das Unmögliche ausgeschlossen hast, dann muss, was immer übrig bleibt, wie unwahrscheinlich es auch sein mag, die Wahrheit sein.«

»Ganz genau, gut aufgepasst«, sagte Lizzie. »So funktioniert Detektivarbeit. Nun sag schon, was meinst du, ist es möglich, ein Auto fernzusteuern?«

Olsen stand auf und gestikulierte mit seiner Bierflasche. »Es ist nicht ganz einfach, aber unmöglich ist es auch nicht. Moderne Hightech-Autos können im Prinzip vollautonom fahren, das heißt, alle Funktionen werden elektronisch von einem eingebauten Computer gesteuert.«

»Die Frage ist jetzt: Kann jemand den Computer von außen manipulieren, so dass er auf Kommando in ein Café rast?« Lizzie sah Olsen an. »Ich habe ja schon viel gesehen, aber mir ist bisher tatsächlich noch kein solcher Fall begegnet.«

»Dieser Jemand müsste bei einem solchen System ja noch nicht einmal fernsteuern im klassischen Sinne, er müsste dem Auto ja nur ein Ziel mitteilen. Das Auto könnte dann selbststeuernd genau dorthin fahren. Interessante Fragestellung, ein Auto als autonome Lenkwaffe …«

Olsen nahm einen Schluck aus seiner Bierflasche und sah nachdenklich in die Ferne.

»Aber wie kann jemand überhaupt – wie soll ich sagen – mit einem Auto Verbindung aufnehmen?«, fragte Adam.

»Du musst wissen, diese hypermodernen Autos sind ständig über das Mobiltelefonnetz mit ihren Herstellern verbunden, und wer weiß, mit wem sonst noch. Es werden permanent Telemetriedaten ausgetauscht, Updates heruntergeladen etc. Und, auch wenn die

Hersteller das nicht so gerne erzählen, sie können sie jederzeit orten, sie können sie abschalten, sie können die Computer manipulieren und so weiter. Es ist durchaus möglich, dass sie die Autos auch direkt steuern können. Ganz genau kann man das allerdings nicht sagen, dazu bräuchte man Einblick in die Software, und das ist natürlich ein gut gehütetes Geheimnis.«

»Aber warum sollte ein Automobilhersteller sein Auto in ein Café steuern«, fragte Adam. »Das ergibt überhaupt keinen Sinn.«

»Das hat er sicher nicht getan«, sagte Lizzie. »Wozu auch. Aber jedes technische System ist manipulierbar, ohne Ausnahme. Es gibt keine absolute Sicherheit. Es ist nur eine Frage der Zeit und des Aufwands, den jemand investieren will. Es ist also durchaus denkbar, das jemand Zelmers Auto übernommen und ferngesteuert hat.«

»Verdammt«, sagte Adam. »Können wir das irgendwie nachweisen? Die Polizei hat den Unfallwagen beschlagnahmt, er steht noch bei der Spurensicherung.«

»Schwierig, eigentlich unmöglich. Wie gesagt, man müsste dazu die Computer des Autos und die Systeme des Herstellers genau untersuchen. Und ich bin mir sicher, dass der nicht besonders kooperativ sein würde. Das kann dem Hersteller nur schaden, schon der bloße Verdacht wäre eine PR-Katastrophe. Stell dir mal vor, das würde publik. Für den Autohersteller und für die gesamte Branche kann das einen Milliardenschaden bedeuten.«

»Die würden vermutlich mit einer Armee von Anwälten über uns herfallen und uns jahrelang in juristische Spielereien verwickeln«, sagte Lizzie. »Da kann ich gut drauf verzichten.«

»Das wird jetzt schwierig mit eurer Sherlock Holmes Methode«, sagte Olsen und stand auf. »Hier habt ihr eine Möglichkeit, die ihr weder bestätigen noch ausschließen könnt. Noch ein Bier?«

»Mhm«, antworteten Adam und Lizzie unisono. Adam warf versonnen einige Steinchen ins Wasser, Lizzie saß auf dem Steg und baumelte mit den Füßen.

Olsen kam mit drei eiskalten Bierflaschen zurück und verteilte sie. »Ich kann euch vielleicht trotzdem helfen. Ich kenne da jemanden, der kennt wieder jemanden, ihr wisst schon. Und dieser andere Jemand war an einem der Tesla Hacks beteiligt, die kürzlich durch die Presse gingen. Dabei wurden die Autos zwar nicht komplett übernommen, aber es wurden immerhin Fenster geöffnet, Musik aufgedreht und die Fahrzeugkameras überwacht. Vielleicht kann er uns mehr Informationen liefern, wie ein solcher Hack funktioniert und uns zumindest sagen, ob in unserem Fall eine Manipulation wahrscheinlich sein könnte.«

»Und vielleicht, wer dazu in der Lage wäre«, fügte Lizzie hinzu. Möglicherweise können wir eine Verbindung zu Colmar oder Askamp herstellen.«

»Keine schlechte Idee«, sagte Adam. »Ich werde im Umfeld der Firma weiter nach einem Motiv suchen. So langsam taucht ein Bausteinchen nach dem anderen auf.«

»Aber seid vorsichtig«, sagte Olsen. »Hacker, die in der Lage sind, Autos zu übernehmen, um damit Leute umzubringen, sind keine Teenager, die in ihren Kinderzimmern irgendwelche simplen Passwörter erraten. Die werden nicht mit Wattebäuschchen werfen, wenn ihr denen auf die Füße tretet.«

14

Die schwüle Luft raubte Amalia Ngcobo den Atem. Schon Sekunden, nachdem sie das vollklimatisierte Firmengebäude der Ascolog verlassen hatte, klebte ihre Bürokleidung an ihrem Körper.

Über der Stadt hing eine tiefe Wolkendecke, von der Straßenbeleuchtung in orangefarbenes Licht getaucht. Die Geräusche des Verkehrs waren gedämpft.

Es war schon fast 22 Uhr, selbst für ihre Verhältnisse war das ein ungewöhnlich langer Arbeitstag gewesen. Sie war länger im Büro geblieben, um sich über die neue Situation klar zu werden. Außer ihr waren nur noch einige Mitarbeiter der Reinigungsfirma im Gebäude gewesen.

Im Gehen durchwühlte sie ihre Handtasche und fand schließlich den Schlüsselbund mit ihrem Fahrradschlüssel. Ihr Rad war um diese Zeit das Einzige im Fahrradständer. Als sie näher kam, sah sie, dass beide Reifen platt waren.

»Mist!«, zischte sie und schlug mit der flachen Hand auf den Sattel. Irgendein Witzbold hatte die Ventile herausgedreht. Das hieß eine halbe Stunde Fußweg auf ihren Büropumps statt fünf Minuten mit dem Rad,

und dabei musste sie noch ein plattes Fahrrad schieben. Sie blickte noch einmal um sich und fluchte leise.
Dann wuchtete sie trotzig ihr Rad aus dem Ständer
und machte sich auf den Weg. Die Wolken schienen
immer näher zu kommen. Amalia hoffte inständig,
dass sie es noch vor dem Ausbruch des Gewitters bis
nach Hause schaffen würde.

Ach was soll's, dachte sie schließlich, vielleicht ist es
ganz gut so. Ein Spaziergang würde für einen klaren
Kopf sorgen. Sie brauchte jetzt ohnehin etwas Zeit zum
Nachdenken.

Die Besuche der Detektive heute hatten sie misstrauisch gemacht. Irgendetwas in der Firma schien
an ihr vorbei zu laufen. Um herauszufinden, was los
war, hatte sie sich am Abend Rafaels E-Mails der letzten Wochen angesehen, als seine Stellvertreterin hatte
sie Zugriff auf sein E-Mail Postfach. Zunächst hatte
alles normal ausgesehen, die übliche Kommunikation
mit Kunden, Lieferanten und Mitarbeitern. Aber dann
hatte sie im elektronischen Papierkorb eine gelöschte
Konversation zwischen Rafael und Falk Askamp gefunden, die ihr den Atem verschlagen hatte: Askamp
wollte die Firma verkaufen. Rafael hatte sofort seinen
Standpunkt klar gemacht, er war strikt dagegen, er sah
große Zukunftschancen für das Unternehmen.

Sie umklammerte die Griffe ihres Fahrradlenkers
fester. Sie hatte nichts von den Verkaufsdiskussionen
gewusst, obwohl sie als Kaufmännische Leiterin in
derart wichtige Vorgänge involviert werden musste.

Rafael und Askamp hatten ihr vor einigen Tagen sogar eine Beteiligung an der Firma in Aussicht gestellt und jetzt das, hinter ihrem Rücken.

Wer wohl noch davon wusste? Möglicherweise wollte man sie auch bewusst heraushalten. Aber wieso? Was sollte sie mit der Information jetzt anfangen, und was würde ein Verkauf für sie bedeuten? Konnte Askamp die Firma alleine verkaufen, jetzt, wo Rafael nicht mehr da war? Hatte die Geschichte vielleicht mit Rafaels Unfall zu tun? Und wenn ja, war sie jetzt in Gefahr? Musste sie sich noch mehr absichern? In ihrem Kopf drehte sich alles. Ihre Schritte wurden schneller, das Klappern ihrer Schuhe hallte durch die nächtliche Straße.

Sie spürte, dass Wind aufkam. Die Schatten der schwankenden Bäume und die Graffiti an den Wänden machten ihr plötzlich Angst. Einige dunkle Gestalten kamen ihr entgegen, sie richtete sich auf und schritt entschlossen voran. Als sie näher kamen, sah sie, dass es nur Jugendliche waren. Sie nahmen keine Notiz von ihr. Sie hatten es offenbar eilig und wollten nicht von dem Gewitter überrascht werden. Alle paar Meter drehte sie sich um. Vielleicht hatte jemand ihr Fahrrad sabotiert, nur um sie auf dem Fußweg nach Hause zu überfallen. Lief sie gerade in einen Hinterhalt?

Vielleicht wussten ihre Verfolger schon, dass sie Rafaels E-Mails gelesen hatte. Natürlich konnte die IT nachvollziehen, dass sie die entsprechenden E-Mails gelesen hatte. Und natürlich war es ein Leichtes, einen

Alarm einzurichten, wenn Rafaels Mails gelesen wurden. Aber wer sollte hinter ihr her sein? Hatte nicht einer der Putzleute sie komisch angesehen?

Du spinnst, sagte sie sich schließlich und zwang sich, wieder langsamer zu gehen. Erstens kann noch keiner wissen, dass ich die E-Mails kenne, und zweitens wird mich deswegen sicher niemand überfallen.

Sie hörte unregelmäßige Schritte hinter sich, aber sie zwang sich, sich nicht umzudrehen und ging einfach weiter. Aber sofort, als sie um die nächste Straßenecke gebogen war, stellte sie ihr Fahrrad vor einem kleinen Laden ab, zog schnell die Schuhe aus, rannte einige Meter und versteckte sich in einer Hofeinfahrt. Sie stand im Schatten hinter einigen Mülltonnen und betrachtete angeekelt den fleckigen Boden um ihre nackten Füße. So leise sie konnte, nahm sie ihr Handy aus der Tasche und wartete. Sie hielt die Luft an und achtete darauf, die Wand nicht zu berühren. Nichts war zu hören, nur hin und wieder das Geräusch eines vorbeifahrenden Autos.

Sie verharrte einige Minuten regungslos und lauschte. Sie atmete, so leise sie konnte. Nichts geschah.

Schließlich schüttelte sie den Kopf und lachte über sich selbst und ihr närrisches Verhalten. Sie wischte ihre Füße mit einem Papiertaschentuch ab und zog ihre Schuhe wieder an. Dann richtete ihr Kostüm und ihre Handtasche und trat wieder aus der Ausfahrt ins Licht der Straßenlaternen.

»Sieh an, da ist ja unser neugieriges Mädchen. Wollte sich vor uns verstecken, wie putzig.«

Ein Mann mit einer Skimaske versperrte ihr den Weg und drängte sie zurück in die Einfahrt. Er hatte offensichtlich die ganze Zeit auf der Straße gewartet.

Amalia Ngcobo wich zurück und starrte den Mann an, sie war unfähig, zu sprechen. Sie klammerte sich an ihre Handtasche. Sie wusste, sie sollte jetzt fliehen oder schreien oder irgendetwas sagen, aber sie konnte einfach nicht.

»Du schnüffelst zu viel herum, Kindchen«, sagte eine andere Stimme. Ein zweiter Mann in Skimaske trat von der Straße in die Einfahrt. »Das ist nicht gut für dich. Ganz und gar nicht.« Er nahm ihr mit einer lässigen Bewegung das Mobiltelefon aus der Hand. »Das nehme ich mal, das brauchst du jetzt nicht mehr.«

Der erste Mann packte sie in den Haaren und drückte ihr Gesicht an die schmutzige Hauswand. Sein maskiertes Gesicht kam nahe an ihr Ohr, sie roch teures Parfüm. Leise sagte er: »Du wirst ab jetzt ein braves Mädchen sein und dich um deine eigenen Angelegenheiten kümmern, nicht wahr? Vielleicht nimmst du erst mal eine kleine Auszeit, ein paar Wochen Erholung werden dir sicher guttun.«

»Geh weg!«, schrie Amalia, so laut sie konnte. Sie nahm all ihre Kraft zusammen und stieß sich von der Hauswand ab. Ihr Angreifer war offenbar überrascht und verlor kurz das Gleichgewicht. Amalia konnte sich befreien und setzte an zu fliehen. Dann fühlte sie einen heftigen Schmerz am Hinterkopf.

Dass sie zu Boden fiel, merkte sie nicht mehr. Auch den Tritt, der ihr zwei Rippen brach, spürte sie nicht.

15

Am nächsten Vormittag saß Adam an seinem Schreibtisch und klickte sich gelangweilt durch diverse Nachrichtenportale. Der Autounfall im Café Paris-Brest war längst in Vergessenheit geraten. Die Stadt beschäftigte sich wieder mit den üblichen Skandälchen und dem allgegenwärtigen Baustellenchaos.

»Hier ist Post für dich angekommen.« Lizzie kam gut gelaunt in Adams Büro. »Von einem Waffenhändler. Hast du dir im Darknet eine Pistole bestellt?«

»Ah, prima«, sagte Adam, stand auf und nahm ihr das Päckchen aus der Hand. »Nein, keine Schusswaffen, alles ganz legal. Ich hab uns einige Dosen Pfefferspray organisiert. Das sollte zur Selbstverteidigung reichen.«

Er öffnete das Päckchen und drückte ihr eine der Dosen in die Hand.

»Tierabwehr?«, fragte Lizzie.

»Keine Angst, das funktioniert bei Menschen genauso. Damit kannst du einen Angreifer im Nullkommanix schachmatt setzen, auch ohne Leute zu erschießen.«

»Und warum besorgst du dir nicht eine richtige Pistole? Du hast doch sogar einen Waffenschein.«

»Sei vorsichtig damit! Wenn du hier im Raum los sprühst, ist der Tag für uns gelaufen.«

»Musst du mir nicht sagen, ich kenne das Zeug von den Demos in der Schanze.«

Adam setzte sich wieder und starrte auf eine Dose Pfefferspray in seinen Händen. »Weißt du, auf Leute zu schießen ist nicht so, wie im Fernsehen oder in Videospielen. Echte Menschen fallen nicht einfach um und weiter geht's zur nächsten Szene. Schusswunden sind sehr hässlich. Überall ist Blut. Du stehst daneben und du kannst nichts tun ...«

»Schon gut«, unterbrach ihn Lizzie. »Ich hab das mit deiner Kollegin vergessen, sorry.«

»Und im richtigen Leben wird nicht einfach der Abspann eingeblendet und der Held geht siegreich nach Hause. Er beschäftigt sich jahrelang mit Polizei und Justiz, mit der Presse, mit den Angehörigen. Von seinem Gewissen ganz zu schweigen. Wir bleiben also besser bei den nichttödlichen Waffen.«

»Hab's ja verstanden«, sagte Lizzie. »Ist mir sowieso lieber. Ich bin nicht unbedingt der Lara Croft Typ.«

Adam setzte gerade zu einer Antwort an, als zwei gleichzeitige Ping-Töne ihrer Handys den Eingang einer E-Mail signalisierten. Beide sahen sofort nach.

»Nur wieder eine Phishing-Mail, ein Link, den ich anklicken soll.«, sagte Adam und steckte sein Handy weg.

»Nee, warte mal«, sagte Lizzie. »Ich glaube, ich habe die gleiche Mail. Die kommt von einem File Transfer

Service. Da will uns jemand Dateien schicken. Hier steht's: Das kommt von Amalia Ngcobo.«

»Jetzt bin ich aber gespannt.«

»In der Mail steht nichts weiter drin. Warte, ich sehe mir die Dateien mal an.« Lizzie wischte auf ihrem Handy herum.

»Hier ist eine LIESMICH-Datei. Ich werd' verrückt. Hör dir das an: Frau Schmidt, Herr Starck, wenn Sie diese Nachricht lesen, ist mir etwas zugestoßen. Dieser Filetransfer wird automatisch ausgelöst, wenn ich nicht spätestens alle 12 Stunden den Transfer verschiebe. Ich habe Ihnen einige Dateien zusammengestellt, die vielleicht Hinweise auf Hintergründe von Rafaels sogenanntem Unfall liefern. Ich überlasse es Ihnen, die richtigen Schlüsse zu ziehen. Ich denke, das Material spricht für sich. Und bitte forschen Sie nach, was mit mir passiert ist, womöglich benötige ich Ihre Hilfe.«

Adam und Lizzie sahen sich an. »Was sind das für Dateien, lass uns sofort nachsehen«, sagte Adam.

»Hier sind mehrere Kopien von E-Mails. Anscheinend wollte Askamp die Firma verkaufen, Colmar aber nicht. Es gab wohl schon einen Interessenten, hier steht aber kein Name, irgendein anonymer Investor. Es taucht lediglich ein Vermittler auf, eine Anwaltskanzlei Juan Francisco Schaeffer & Asociados aus Panama. Und hier: Die Rede ist von 120 Millionen Euro.«

»Nicht schlecht«, sagte Adam. »Ich hätte nicht gedacht, dass die Ascolog so viel wert ist.«

»Hier sind auch noch Listen von Bitcoin-Zahlungen, man kann aber nicht erkennen, wer der Empfänger ist. Nach aktuellem Kurs dürften das etwa 150.000 Euro sein. Die Ascolog scheint ein Bitcoin-Konto zu haben, das nicht in der Buchhaltung auftaucht.«

»Wahrscheinlich Schmiergeld«, sagte Adam. »So eine Art Kriegskasse, vielleicht.«

Lizzie griff zum Telefon, wählte die Nummer von Victoria Colmar und stellte das Gespräch auf Lautsprecher.

»Hallo Frau Colmar, hier Lizzie Schmidt, Detektei Adam Starck & Partner.«

»Oh, hallo Frau Schmidt. Haben Sie etwas Neues herausgefunden?«

»Allerdings. Wir haben gerade eben Unterlagen erhalten, aus denen klar hervor geht, dass Falk Askamp die Ascolog an einen Investor verkaufen will. Ihr Mann war allerdings dagegen. Wussten Sie davon?«

»Nein, das höre ich zum ersten Mal.«

»Askamp hat also noch nicht mit Ihnen über den Verkauf gesprochen? Sie sind ja die Erbin Ihres Mannes und müssten dem Verkauf zustimmen.«

»Er hat mir gestern angeboten, meine Anteile für 10 Millionen Euro zu übernehmen. Ich habe sogar schon einen Vertragsentwurf erhalten. Wissen Sie, ohne meinen Mann will ich die Firma nicht weiterführen. Und ich denke, dass ein Verkauf an Falk das Einfachste für mich ist.«

»Ja, vielen Dank, das hilft uns weiter«, sagte Lizzie und war im Begriff aufzulegen.

»Einen Augenblick noch«, sagte Adam. »Haben Sie heute schon etwas von Frau Ngcobo gehört?«

»Amalia? Wissen Sie das noch gar nicht? Sie wurde heute Nacht von betrunkenen Hooligans überfallen. Sie liegt im Krankenhaus, wurde übel zugerichtet, die Ärmste.« Adam hörte ein Schniefen durch das Telefon. »Die haben sie verprügelt und einfach zwischen Mülltonnen liegenlassen, können Sie sich das vorstellen? Aber sie ist stark, sie wird durchkommen.«

Lizzie beendete das Gespräch und ging einige Schritte im Raum auf und ab. »Verdammt. Deshalb auch der automatische Dateitransfer. Sie muss gewusst haben, dass sie in Gefahr ist. Glaubst du das, mit den betrunkenen Hooligans?«

»Kein bisschen. Aber ich denke, wir kommen der Sache langsam näher«, sagte Adam. »Ich frage mich, wer dieser geheimnisvolle Investor ist.«

»In den Unterlagen steht kein Name.«, sagte Lizzie. »Irgendjemand, der im Hintergrund bleiben möchte.«

Lizzie überflog noch weitere Dateien. »Hier steht auch noch mehr dazu, was die Ascolog eigentlich macht: Sie haben eine völlig neuartige Software für Speditionen, Häfen und Reedereien entwickelt. Angeblich soll es damit möglich sein, die Containerlogistik effizienter zu managen und das Verschwinden von Fracht deutlich zu reduzieren.«

»Das Verschwinden von Fracht? Du meinst Diebstahl?«

»Nicht nur«, sagte Lizzie. »Die gesamte Logistik wird ja von Computersystemen gesteuert. Jetzt stell dir mal vor, auf einem Containerumschlagplatz, in einem Lager oder auf einem großen Schiff wird ein Container falsch abgestellt oder falsch registriert. Das heißt, er ist nicht dort, wo der Computer glaubt, dass er ist. Steht möglicherweise unter einem Riesenstapel anderer Container. Dieser Container ist praktisch nicht mehr auffindbar, einfach verloren. Das ist ein Riesenproblem. Und wenn die KI das reduzieren kann, dann hat das eindeutig Potential.«

»Ich verstehe schon. Sag mal, hatte nicht Ophoven auch eine Softwarefirma im Bereich Logistik.«

»Adam, du entwickelst langsam eine regelrechte Ophoven-Paranoia. Es gibt auch andere Bösewichte. Aber ich glaube wirklich, wir haben hier ein handfestes Motiv für Colmars Unfall, oder besser für einen Anschlag auf ihn.

»Ganz genau, da will sich jemand eine vielversprechende Firma unter den Nagel reißen.«

»Und geht dabei über Leichen.«

16

Als Adam etwas später den großen Konferenzraum der Detektei betrat, fand er dort Lizzie allein, im Schneidersitz, mitten auf dem großen Konferenztisch. Ihre Stiefel lagen hingeworfen an der Tür. Sie trug Kopfhörer und nickte im Takt der Musik. Neben ihr stand eine dampfende Tasse Tee, in den Händen hielt sie ihr Tablet. Auf die Wand war mit einem Beamer ein großes Satellitenbild einer Küstenstadt projiziert.

Adam tippte sie an und setzte sich an den Tisch. »Was machst du denn da, Urlaubsplanung? Ist das Panama?«

»Ja, schön wär's. Aber gut aufgepasst in Geographie, Respekt!«

»Na ja, der Kanal ist ja nicht zu übersehen.«

»Es gibt tatsächlich eine Anwaltskanzlei Juan Francisco Schaeffer & Asociados in Panama City. In dieser schicken Villa hier.« Lizzie zoomte das Satellitenbild heran.

»Nobel, könnte mir auch gefallen, direkt an der Küste, großer Pool. Scheint eine Art Staranwalt zu sein.«

»Sieht so aus. Interessant ist nur, dass genau hier, in dieser lauschigen Villa, ungefähr 150 Firmen ihren

Hauptsitz haben. Import-Export, Finanzdienstleister, IT, Security - eine illustre Ansammlung von Briefkastenfirmen.«

»Panama City eben, das scheint da ja ganz normal zu sein. Jetzt kann man sich fragen, ob unser Señor Schaeffer auch nur ein Pappkamerad ist oder vielleicht der Inhaber all dieser Briefkastenfirmen.«

»Er existiert wirklich. Allerdings ist er nicht der Inhaber, sondern nur der Verwalter. Die eigentlichen Firmenbesitzer sind vermutlich wieder andere Briefkastenfirmen, die wiederum ganz anderen Briefkastenfirmen irgendwo auf der Welt gehören und immer so weiter.«

»Na prima«, sagte Adam. »Da blickt doch kein Mensch mehr durch.«

»Das ist ja der Zweck der Übung. Man nennt das Risikomanagement oder Steueroptimierung.«

»Immerhin scheint unser Staranwalt ganz gut davon leben zu können.«

»Ich habe einiges über ihn im Internet gefunden. Er ist ein allseits geschätztes Mitglied der Society in Panama City.« Lizzie zeigte verschiedene Fotos eines elegant gekleideten Mannes in den 50ern. »Hier gibt's Presseberichte von Sportveranstaltungen und diversen Charity-Events. Und außerdem natürlich jede Menge Werbung. Eben alles, was so zu einem Staranwalt gehört.

»Mangelndes Selbstwertgefühl scheint nicht sein Problem zu sein.«

»Ganz sicher nicht. Und sieh mal hier, das wird dich interessieren«, sagte Lizzie. Sie rief die Webseite einer Sportzeitung auf und zeigte ein Foto der Siegerehrung eines Poloturniers.«

»Sieh mal einer an, ist unser Anwalt etwa auch ein Pololiebhaber? Da kenne ich inzwischen noch zwei.«

»Und es wird noch besser«. Lizzie vergrößerte einen Bildausschnitt. »Sieh dir mal die Leute auf der Ehrentribüne an.«

»Ich fasse es nicht«, sagte Adam und sprang auf. »Der ehrenwerte Juan Francisco Schaeffer und unser allseits geschätzter Alfred Ophoven, einträchtig nebeneinander. Ich wusste, der hängt da mit drin.«

Plötzlich war draußen Lärm zu hören, lautes Klopfen erschütterte die Eingangstür.

»Aufmachen, hier ist die Polizei! Adam Starck, öffnen Sie sofort die Tür!«

»Ich glaube, da ist Besuch für dich«, sagte Lizzie.

»Öffnen Sie sofort die Tür, oder wir sind gezwungen, sie aufzubrechen.«

»Ja, ja, ich komme ja schon«, rief Adam. Er stand auf und ging zum Eingang. Eine Sekunde, nachdem er geöffnet hatte, war das ganze Büro voller Polizisten, in Uniform und in Zivil. Sie schwärmten aus und besetzten alle Räume.

Der Anführer war offensichtlich Claus Edmond, Adams ehemaliger Kollege. Er baute sich selbstsicher vor Adam auf, der ihn mit großen Augen anstarrte.

»Adam Starck, Sie sind verhaftet. Sie werden verdächtigt, einen Überfall mit Körperverletzung auf Amalia Ngcobo begangen zu haben. Außerdem haben wir hier einen Durchsuchungsbefehl für Ihre Detektei. Bitte fassen Sie jetzt nichts mehr an. Auch nicht Ihr Handy, das ist beschlagnahmt. Das gilt auch für Sie, Frau Schmidt.« Edmond sah Adam herausfordernd an und wartete auf dessen Reaktion.

»Sag mal, spinnst du?«, sagte Adam, nachdem er seinen ersten Schreck überwunden hatte. »Wieso sollte ich Amalia Ngcobo überfallen? Außerdem habe ich eben erst von dem Überfall erfahren. Was bitte soll ich denn damit zu tun haben?«

»Bitte beruhigen Sie sich, Herr Starck, und behindern Sie die Durchsuchung nicht. Am besten Sie setzen sich jetzt einfach hin und lassen uns unsere Arbeit machen.«

»Ich denke ja gar nicht dran. Was soll das, Claus? Wer hat euch geschickt?«

»Bitte, Herr Starck, seien Sie vernünftig und leisten Sie keinen Widerstand. Sie machen alles nur noch schlimmer.« Edmond winkte zwei uniformierten Kollegen, die sofort neben Adam traten. Einer legte ihm mit einer routinierten Bewegung Handschellen an.

»Lasst mich sofort los!« Adam versuchte, die Polizisten abzuschütteln. »Ihr seid doch alle irre geworden. Euch muss doch klar sein, dass das völliger Unsinn ist.«

»Führt den Verdächtigen ab und bringt ihn ins Revier, in der Zelle wird er schon zur Vernunft kommen!«

»Verdammt nochmal, wer hat das angeordnet?«, rief Adam, als ihn die Polizisten aus der Tür zerrten. »Wer steckt hinter diesem Schmierentheater?«

Er konnte noch einen Blick ins Büro werfen. Lizzie schrie den Beamten an, der gerade die Laptops einpackte. Edmond drängte sie ab in die Teeküche.

»Merkt ihr nicht, was hier gespielt wird? Die versuchen uns kaltzustellen«, sagte Adam zu den beiden Polizisten, die ihn abführten. Die beiden blieben völlig ungerührt und setzten Adam auf den Rücksitz eines Polizeiautos.

Don Pablo stand erstaunt vor seinem Laden und beobachtete die Szene.

»Sag Lizzie, sie soll einen Anwalt anrufen, und Claire! Sie soll Claire anrufen!«, rief Adam ihm zu, ehe sich die Tür des Polizeiautos schloss. Don Pablo nickte und machte eine beschwichtigende Geste. Dann fuhr der Wagen mit Blaulicht los.

17

Sie hatten ihm seine Uhr abgenommen, Adam wusste nicht, wie lange er schon eingesperrt war. Zwei, drei Stunden vielleicht? Die Zelle lag im Keller, zusammen mit drei anderen. Er kannte diese Zellen, er hatte selbst oft genug Verdächtige hier eingesperrt. Sie waren vor Jahren als Reserve eingerichtet worden und wurden selten benutzt, man brauchte sie nur gelegentlich, wenn bei größeren Festnahmen der Platz in den normalen Arrestzellen im Erdgeschoss knapp wurde. Die Polizisten nannten diese Räume das Verlies. Hier konnten die Verhafteten schreien und toben so viel sie wollten, niemand hörte sie.

Die Wände waren mit grüner Ölfarbe gestrichen. Der Raum hatte keine Fenster, es gab nur eine kleine Lüftungsöffnung in der Decke. Daneben hing eine leicht flackernde Neonröhre, deren Gehäuse vergittert war. Möbliert war der Raum mit einem Tisch, einem Stuhl und einer Pritsche mit einer dünnen, blauen Plastikmatratze, an deren Ecken der Schaumstoff aus dem Inneren hervor quoll. Neben der Tür waren eine stählerne Kloschüssel und ein ebenfalls stählernes Waschbecken an der Wand angebracht.

Außer dem leisen Surren der Lüftung war nichts zu hören. Adam vermutete, dass er allein hier unten im Keller war. Das Schlimmste war der Geruch nach Desinfektionsmittel.

Er versuchte, sich zu beruhigen, und ging langsam auf und ab, drei Schritte in die eine Richtung, drei Schritte in die Gegenrichtung.

Was zum Teufel war hier los? Warum hatten sie ihn verhaftet und eingesperrt? Die Polizisten, die ihn hierhergebracht hatten, wollten nicht mit ihm sprechen. Anscheinend hatten Sie Anweisung, ihm keinerlei Information zu liefern.

Er war seit seiner Ankunft nicht befragt worden, noch nicht einmal seine Personalien hatten sie aufgenommen. Edmond hatte hier eindeutig die Grenzen der Legalität verlassen, aber Adam war klar, dass er damit durchkommen würde. Auf die Kollegen war Verlass, die würden ihm schon irgendetwas andichten. Eine hübsche Geschichte mit einem anonymen Hinweis, Gefahr im Verzug und Widerstand gegen die Staatsgewalt, das funktioniert immer.

Aber warum sollte Edmond ihn aus dem Verkehr ziehen wollen? Irgendjemand anders steckte hinter der Verhaftung, aber wer und vor allem warum? Reichte der Einfluss Ophovens so weit? War er der geheimnisvolle Hintermann? Adams Schritte beschleunigten sich. Vielleicht würden sie versuchen, ihm seine Lizenz zu entziehen und die Detektei zu schließen?

Er merkte, dass das Herumlaufen nichts brachte, und setzte sich wieder auf die Pritsche. Er versuchte, ruhig durchzuatmen. Sie wollten ihn sicher weichkochen, ihn eine Weile in der Zelle schmoren lassen, um ihn dann zu verhören. Aber wozu verhören? Was wollten Sie ihm zur Last legen? Den Überfall auf Amalia Ngcobo? Die Anschuldigung war so absurd, die wussten bestimmt, dass ein einigermaßen guter Anwalt den Fall in der Luft zerfetzen würde. Es ging sicher darum, ihn einzuschüchtern, ihn von weiteren Ermittlungen zum Tod von Rafael Colmar abzuhalten.

Adam hielt es nicht aus auf der Pritsche. Er stand wieder auf und begann auf und ab zu gehen. Drei Schritte in die eine Richtung, drei Schritte in die andere. Wie lange war er jetzt hier? Was würden sie mit ihm machen? Oder hatten sie ihn vergessen? Hatten sie ihn korrekt eingetragen? Vielleicht wusste niemand, dass er hier in der Zelle saß und sie würden ihn beim Schichtwechsel einfach übersehen. Eigentlich müsste schon längst jemand zur Kontrolle vorbeigekommen sein.

»He, ist da jemand?«, Adam schlug mehrfach mit der flachen Hand an die Stahltüre. »Aufmachen! Ich will mit Edmond sprechen.«

Keine Reaktion, er hörte nur das unveränderte Summen der Lüftung. Was würden sie wohl in der Detektei anstellen? Würden sie alles durchsuchen? Und was war mit Lizzie? War sie auch verhaftet worden? Hoffentlich hatte sie mit einem Anwalt Kontakt aufgenommen.

Adam ging zu dem kleinen Waschbecken und drehte den Hahn auf. Einige Sekunden lang rann eine lauwarme, braune Brühe aus dem Hahn, dann kam nur noch ein Glucksen und schließlich nichts mehr. Auch die Klospülung funktionierte nicht. Bestimmt hatte seit Monaten keiner mehr in dieser Zelle gesessen. Er sah in den Metallspiegel über dem Waschbecken. Sein Gesicht war müde, grau im Neonlicht. Er wusste genau, was sie hier mit ihm machten, und obwohl er die Methode kannte, begann sie langsam zu wirken. Er fühlte Nervosität in sich aufsteigen.

Adam ging wieder hin und her. Er blieb vor der Tür stehen, trat mit dem Fuß dagegen und rief laut »Scheiße!« Dann setzte er sich auf die Pritsche, stützte den Kopf auf seine Hände und starrte auf den Betonboden. Sein rechter Fuß wippte.

Er hatte schon von Fällen gehört, wo Häftlinge tagelang in Zellen vergessen wurden und niemand sich um sie kümmerte. Oder es war Absicht, sie wollten ihn hier versauern lassen. War das ihr Plan? Ihn hier einfach verrotten zu lassen und seinen Tod hinterher als bedauerliches Versehen abzutun?

»Scheiße!«, murmelte er noch einmal leise. Dann stand er wieder auf, drei Schritte in die eine Richtung, drei Schritte in die andere Richtung.

18

Adam saß mit geschlossenen Augen auf der Pritsche, an die speckige Wand gelehnt. Er dämmerte unruhig vor sich hin. Sein Schädel dröhnte. Halb im Traum, hörte er leise Stimmen. Von der Treppe kamen Geräusche von Schritten. Zwei Personen.

Als er seine Situation erfasste, war er sofort hellwach. Er sprang auf und hämmerte mit beiden Fäusten an die Zellentür.

»Hallo, ist da jemand? Aufmachen! Ich bin hier. Hallo! Aufmachen!«

Die Zellentür wurde mit lautem Geklapper geöffnet. Ein junger, uniformierter Polizist stand vor Adam und fummelte mit einem riesigen Schlüsselbund herum. Hinter ihm stand Claire mit verschränkten Armen und versuchte, aufmunternd zu lächeln.

»Danke, den Rest schaffe ich alleine«, sagte sie zu dem Polizisten und schob ihn ungeduldig beiseite.

»Ich geh dann mal.« Der Polizist drehte sich um und stieg die Treppe hoch.

»Riecht ein wenig streng hier«, sagte Claire.

»Ich habe keinen Damenbesuch erwartet, sonst hätte ich mich natürlich frisch gemacht«, erwiderte Adam.

»Wie spät ist es? Wie lange bin ich schon hier?«

»Sechs Uhr, abends. Du bist also etwa 8 Stunden hier drin gewesen.«

»Kam mir deutlich länger vor.«

»Die Kollegen haben mir's echt schwer gemacht, dich hier rauszuholen. Ich musste sogar mit einem Anwalt drohen. Ich vermute, dass ich auf der Beliebtheitsskala nicht mehr ganz oben stehe.«

»Danke, Claire. Ich bin wirklich froh, dich zu sehen.« Als er die Zelle verlassen hatte, drehte Adam sich noch einmal kurz um. »Und ich fühle mich, als würde ich von oben bis unten kleben. Lass uns hier verschwinden. Ich muss erst mal duschen und mich umziehen.«

Zwei Stunden später saßen sie mit Lizzie und Paul Olsen auf der Terrasse hinter Olsens Gartenhaus an der Bille. Adam lag entspannt in einem alten Liegestuhl. Er blinzelte in die Abendsonne und atmete tief durch.

»Was für eine Wohltat. Frische Luft, Wasser und ein kühles Bier in der Hand. Ich dachte wirklich, die lassen mich in dieser Zelle verfaulen.«

»Gut, dass du wieder da bist«, sagte Lizzie. »Ich habe mir echt Sorgen gemacht.«

»Nicht ganz zu unrecht«, sagte Claire. »Ich muss zugeben, ich bin einigermaßen erschüttert über die ganze Aktion. Sowohl die Durchsuchung als auch die Verhaftung Adams waren von vorne bis hinten illegal. Ehrlich gesagt, verstehe ich meine Kollegen nicht mehr. Irgendwas läuft da, und ich habe keine Ahnung, was. Ich kann keinem mehr trauen.«

»Willkommen in meiner Welt«, sagte Adam. »Genau so geht's mir seit mehr als einem Jahr, seit der Schießerei am Epicure.«

»Glaubst du, da gibt's einen Zusammenhang?«, fragte Claire.

Adam zuckte mit den Schultern. »Ich weiß es nicht, noch nicht. Aber wundern würde mich überhaupt nichts mehr.«

»Lasst uns doch eine Verschwörung nach der anderen angehen«, sagte Lizzie. »Wir haben einen aktuellen Fall zu lösen. Und ich denke, wir sind uns so weit einig, dass die ganze Aktion eine Botschaft an uns war. Sowas wie: Haltet euch raus, sonst geht's euch an den Kragen!«

»Sehe ich auch so«, Adam nickte und konnte sich angesichts der Grimassen von Lizzie ein Lächeln nicht verkneifen. »Aber genau das werden wir ganz sicher nicht tun. Die sind in unser Büro eingedrungen und haben mich ohne Grund festgehalten. Die wollten uns einschüchtern. Das sind Gestapomethoden, das nehme ich jetzt persönlich.«

»Gut gebrüllt, Löwe«, sagte Lizzie und prostete Adam zu. »Also, was haben wir? Und wie wollen wir's angehen?«

»Wir müssen irgendwie Askamp drankriegen«, sagte Adam. »Der steckt auf jeden Fall mit drin. Entweder er will sich Colmars Anteile selbst unter den Nagel reißen oder er arbeitet mit unserem großen Unbekannten zusammen. Und er ist kein besonders hartgesottener

Bursche, er ist die Schwachstelle. Da können wir angreifen.«

»Du glaubst, Askamp hat einen Hacker beauftragt, den Unfall zu inszenieren? Selbst wenn's so wäre, das können wir im Leben nicht beweisen«, sagte Claire.

»Entweder er war es, oder er weiß, wer es war«, sagte Adam. »Da bin ich mir ganz sicher.«

»Wir müssten also irgendwie den Hacker finden, der das Auto gesteuert hat«, sagte Claire.

»Viel Glück! Der kann sonst wo auf der Welt sitzen«, warf Olsen ein. »Es gibt im Darknet einige Gruppen, die sich brüsten, solche Angriffe durchführen zu können, aber besonders glaubwürdig sind die meisten nicht. Und die, die das wirklich können, machen keine Werbung.«

»Aber wie sollte dann Askamp an eine solche Hackergruppe kommen?«, fragte Claire.

»Über die Ascolog hatte er doch sicher Kontakte zu Spezialisten überall auf der Welt«, sagte Lizzie. »Es kann schon sein, dass er da mal auf jemanden gestoßen ist ...«

»Oder mit anderen Worten: In dieser Richtung kommen wir nicht weiter.« Claire stand auf, ging auf der Terrasse einige Schritte und lehnte sich dann ans Geländer. »Können wir vielleicht E-Mails, Chatverläufe, Spuren von Telefonanrufen oder sowas Ähnliches von Askamp finden? Irgendwie müssten die kommuniziert haben, und irgendwie muss auch die Bezahlung gelaufen sein.«

»Also, wenn es unsere Superhacker tatsächlich gibt, bin ich mir ziemlich sicher, dass die ganze Kommunikation so gelaufen ist, dass wir nichts finden können.« Lizzie lehnte sich zurück und nahm einen Schluck aus ihrer Flasche. »Und was die Bezahlung betrifft: Amalia Ngcobo hat zwar ominöse Bitcoin-Zahlungen in den Firmenunterlagen gefunden, aber wir können nicht nachvollziehen, an wen die gegangen sind und wofür die waren. Bitcoin-Transfers sind völlig anonym, keine Chance.«

»Wirklich?«, sagte Claire. »Man hört doch immer öfter, dass die Behörden verschlüsselte Kommunikation abgefangen haben. Da war doch diese Geschichte mit Encrochat. Vielleicht gibt's ja doch eine Möglichkeit?«

»Es gibt unzählige andere Möglichkeiten der verborgenen Kommunikation im Internet. Encrochat war nur die Spitze des Eisbergs«, sagte Olsen.

»Und glaub mir, eine Organisation, die in der Lage ist, sich in ein Auto einzuhacken und das fernzusteuern, nimmt ihre Kommunikation ernst«, warf Lizzie ein. »Die sind nicht so dämlich und verwenden die Dienste einer halbseidenen Firma wie Encrochat. Wie dem auch sei, die kriegen wir nicht mit abgefangenen E-Mails oder Chatnachrichten, das brauchen wir gar nicht erst zu versuchen, reine Zeitverschwendung.«

»Das ist leider nicht so einfach wie im Kino«, sagte Olsen.

»Der superschlaue Hacker tippt dreißig Sekunden lang wild auf der Tastatur herum und hat dann das supergeheime Passwort 123456 erraten.« Lizzie rollte mit den Augen. »Schön wär's.«

»Vielleicht brauchen wir das alles gar nicht«, sagte Adam schließlich. »Wie wär's denn, wenn wir einfach so tun, als hätten wir den Hacker gefunden und als hätten wir einen Beweis für die Manipulation des Autos?«

»Ein Bluff! Das gefällt mir«, rief Lizzie und klatschte ihre Hände auf ihre Oberschenkel. »Dann kommt etwas Bewegung in die Sache. Mal sehen, was alles zum Vorschein kommt.«

»Also los«, sagte Adam. »Lasst uns mit Victoria Colmar und Askamp einen Termin organisieren. Sie soll so tun, als wollte sie den Kaufvertrag von Askamp unterzeichnen. Dann setzten wir ihn unter Druck, mal sehen, wie er reagiert. Vielleicht verplappert er sich ja und dann haben wir ihn.«

19

Victoria Colmar saß allein im großen Besprechungsraum der Ascolog GmbH. Sie wippte auf ihrem Stuhl und sah sich immer wieder im Raum um. Alles war wie üblich. Der Tisch war blankpoliert, die Stühle standen in Reih und Glied, die Kaffeetassen waren auf der kleinen Anrichte sauber aufgestapelt. Sogar Rafaels Fleecejacke hing noch am Kleiderhaken hinter der Eingangstür. Früher war dieser Raum wie ein zweites Zuhause für sie gewesen. In der Gründungsphase der Firma hatte sie mit Rafaels Team hier manche Nacht durchgearbeitet. Jetzt saß sie am Tisch wie eine Fremde, wie eine ungebetene Besucherin.

Auf dem Tisch standen ein leeres Glas und eine Flasche Luxusmineralwasser, das Askamps Sekretärin ihr gebracht hatte. Sie hatte es nicht angerührt. Die lederne Mappe vor ihr enthielt den von Askamp aufgesetzten Vertragsentwurf, der den Verkauf ihrer Firmenanteile an ihn regeln sollte.

Sie nahm ihren Kugelschreiber und klickte ein paarmal darauf herum, als sich endlich die Tür öffnete. Falk Askamp trat in den Raum.

»Hallo Victoria. Es ist schön, dass es doch noch geklappt hat. Ich habe Herrn Dr. Martens mitgebracht, den Notar unserer Familie.« Mit großer Geste bat er einen Mann im dunkelgrauen Anzug herein. »Er hat den Vertrag aufgesetzt, es hat also alles seine juristische Richtigkeit. Herr Dr. Martens kann alle rechtlichen Fragen beantworten, falls deinerseits welche offen sind.«

»Guten Tag, Frau Colmar«, sagte der Notar mit einer dünnen Stimme, verneigte sich leicht und streckte Victoria seine blasse Hand entgegen. »Mein tief empfundenes Beileid. Ich habe aus der Presse von dem tragischen Unfall erfahren. Ein großer Verlust. Herr Colmar war ein wunderbarer Mensch.«

»Gut«, sagte Askamp. »Ich dachte, wir können den Vertrag gleich mit Herrn Dr. Martens durchgehen und wenn wir uns einig sind, sollten wir gleich unterzeichnen. Wozu die Dinge auf die lange Bank schieben? Es ist doch in deinem Sinn, Victoria, dass wir die Sache zügig abschließen, nicht wahr? Es ist sicher eine große Belastung für dich, in der jetzigen Situation auch noch mit geschäftlichen Problemen kämpfen zu müssen.«

»Ja, ich … «

»Und es wäre Rafaels Wunsch gewesen, dass die Firma kompetent weitergeführt wird. Wir haben schließlich große Verantwortung für unsere Mitarbeiter und unsere Kunden.«

»Nun, Falk, es wird so sein, wie du sagst.«

»Sehr schön. Ich gehe davon aus, dass du den Vertrag durchgelesen hast. Mit deiner Unterschrift geht die Verantwortung sofort auf mich über. Du wärst also nicht mehr mit den ganzen Scherereien in der Firma belastet. Und wegen der langjährigen Freundschaft zu Rafael, biete ich dir ja auch eine äußerst großzügige Bezahlung. Zehn Millionen Euro sind deutlich mehr, als der Markt derzeit bieten würde, nicht wahr, Herr Dr. Martens? Von den jahrelangen Verkaufsverhandlungen und den Streitereien mit Bietern ganz zu schweigen.«

Der Notar kramte kopfnickend in seiner Aktentasche.

»Die Zahlung wäre übrigens bei Unterzeichnung fällig, ich werde dir das Geld sofort überweisen. Du kannst also schon morgen durchstarten in ein neues Leben. Das ist das Mindeste, was ich für dich tun kann, nach all den Jahren, die wir uns nun kennen.«

Victoria Colmar sah Askamp an.

»Also, was sagst du? Bist du einverstanden? Wenn du möchtest, können wir mit Herrn Dr. Martens den Vertrag nochmal im Detail durchgehen. Wir können aber auch gleich unterzeichnen. Du weißt, dass ich dich niemals übervorteilen würde.«

Victoria sah Askamp an, und dann nickte sie in Richtung der Videokonferenzanlage. Augenblicklich sprang die Tür auf.

»Einen schönen, guten Tag.« Adam platzte in den Raum, hinter ihm kamen Lizzie und Claire. Falk Askamp und der Notar sahen ihn entgeistert an.

»Wir waren so frei und haben nebenan ein wenig mitgehört«, sagte Lizzie. Sie nickte Victoria zu und nahm dabei ein Stück Tape von der roten Kontrollleuchte der Videokonferenzanlage. Dann legte Sie ihr Handy, auf dem ein Videobild aus dem Konferenzraum zu sehen war, direkt vor Askamp auf den Tisch. »Sehr aufschlussreich. Und wie praktisch, dass Sie ihren Notar gleich mitgebracht haben.«

»Das haben Sie sich geschickt ausgedacht, Herr Askamp. Zehn Millionen für Rafael Colmars Anteile. Frau Colmar weiß inzwischen, dass Sie ein Angebot von einem Firmenaufkäufer über 120 Millionen haben. Da hätten Sie ein hübsches Sümmchen verdient, nicht wahr?«

Askamp sprang auf und sah Adam wütend an. »Was für ein Unsinn. Wer hat Ihnen diesen Floh ins Ohr gesetzt? Ich werde die Firma weiterbetreiben, so hat es Rafael gewollt.«

»Blödsinn!« Adam schlug mit der flachen Hand auf die Tischplatte. »Sie wollten von Anfang an verkaufen. Und weil Rafael das nicht wollte, haben Sie ihn umbringen lassen. 120 Millionen sind ein überzeugendes Mordmotiv, Herr Askamp. Geben Sie's doch zu, wir wissen alles. Wir kennen sogar Ihren Kontaktmann in Panama.«

»Also, ich sehe, ich werde hier nicht gebraucht. Ich denke, ich werde mich verabschieden.« Der Notar hatte eilig seine Sachen zusammengepackt und huschte aus der Tür.

»Die Ratten verlassen das sinkende Schiff, Herr Askamp. Ich denke, es ist an der Zeit, dass Sie aufgeben.«

114

»Was reden Sie da für einen Unsinn? Sind Sie verrückt geworden? Ist Ihnen Ihre billige Detektivlizenz zu Kopf gestiegen?«

»Sie haben einen Hacker beauftragt, die Kontrolle über ein Hightech-Auto zu übernehmen und Rafael damit umzubringen. Das haben Sie sich fein ausgedacht. Die Polizei hätte niemals eine Verbindung zwischen Ihnen und dem Tod von Rafael Colmar hergestellt. Sie wären beinahe mit einem perfekten Mord davongekommen. Und als wir Ihnen dann in die Quere kamen, haben Sie ihre Beziehungen spielen lassen. Ihre Freunde haben dafür gesorgt, dass unsere Detektei vorübergehend lahmgelegt wurde und dass ich in Arrest genommen wurde. So viel kriminelle Energie hätte ich Ihnen gar nicht zugetraut.«

»Das ist doch völliger Unsinn.« Askamp wischte sich die Stirn mit seiner rechten Hand ab und sah sich hektisch im Raum um. Dann ballte er beide Hände zu Fäusten und rief laut: »Das ist alles frei erfunden, Sie können nichts davon beweisen. Verlassen Sie sofort meine Firma!«

Adam lächelte ihn an. »So, glauben Sie? Ihr Pech, dass auch wir Beziehungen haben. Wir konnten den Hacker ausfindig machen, den Sie beauftragt hatten. Und da Frau Muller hier beste Beziehungen zum BND und zu Interpol hat, war es auch überhaupt kein Problem eine Aussage von ihm zu erhalten.«

»Ich darf mich kurz vorstellen, Claire Muller, Kriminalpolizei Hamburg«, sagte Claire. Sie trat einen

Schritt vor und hielt Askamp ihren Dienstausweis unter die Nase. »Was sagen Sie zu den Anschuldigungen von Herrn Starck? Haben Sie den Mord an Rafael Colmar in Auftrag gegeben? Überlegen Sie sich gut, was Sie jetzt antworten, Ihnen droht eine lebenslängliche Haftstrafe.«

Askamp war bleich geworden. Er fiel in seinen Stuhl und klammerte sich an die Armlehnen. Er atmete schwer. »Nein, das ist völlig unmöglich.«

Adam und Lizzie sahen sich siegessicher an.

»Ihr wollt mich verarschen«, schrie Askamp wie vom Blitz getroffen und sprang auf. Er griff in seine Aktentasche und hatte plötzlich eine Pistole in der Hand. Zitternd zielte er zuerst auf Adam und dann auf Lizzie. »Aber nicht mit mir«, rief er. Seine Stimme überschlug sich. »Nicht mit mir. So einfach kriegt ihr mich nicht.«

20

Lizzie stand wie versteinert, sie starrte mit weit aufgerissenen Augen auf Askamps Pistole. Adam zögerte. Dann atmete er tief ein und richtete sich auf. Behutsam, fast beiläufig, bewegte er sich nach vorne und stellte sich direkt vor Lizzie. Die Pistole, die jetzt direkt auf seine Brust zeigte, schien für ihn nicht zu existieren.

Askamp trat einen Schritt zurück. »Was soll das?«, rief er. »Geh weg!«

»Falk, nicht!«, sagte Victoria Colmar leise. »Das ist es nicht wert. Nimm die Waffe weg, hör auf!« Ihre Stimme zitterte. Sie war von ihrem Stuhl aufgestanden, ihre Hände klammerten sich an der Kante des Konferenztisches fest.

»Ganz ruhig, Herr Askamp, ich werde Ihnen nichts tun«, sagte Adam und hob seine Hände.

Askamp wich seinem Blick aus und fuchtelte mit seiner Pistole herum, als wüsste er nicht recht, was er damit anfangen sollte. »Da rüber an die Wand, alle zusammen«, schrie er plötzlich und ging um den Tisch herum.

Lizzie hatte sich gefasst. Sie zuckte mit den Schultern und bewegte sich in Richtung Wand. Victoria schien wie gelähmt vor Angst.

»Bewegt euch, macht schon!«, schrie Askamp.

Claire nickte kurz, dann ging sie ebenfalls. Adam blieb stehen.

»Stellt euch nebeneinander. Nein, andersrum, Hände an die Wand. Macht schon! Schneller, schneller!« Askamp zitterte. »Du auch, Detektiv! Spiel hier nicht den Helden. Wegen dir passiert das hier alles. Warum musstest du dich überhaupt einmischen? Dich geht das alles gar nichts an.«

»Bitte beruhigen Sie sich, Herr Askamp«, sagte Adam und ging noch einen kleinen Schritt nach vorne auf ihn zu. »Ich bin sicher, wir können uns einigen, ohne, dass jemand zu Schaden kommt. Sie sind doch Geschäftsmann. Das hier muss nicht in einer Katastrophe enden. Die Waffe brauchen Sie gar nicht. Stecken Sie sie einfach wieder ein und wir vergessen die ganze Sache. Wir finden eine Lösung.«

Er stand jetzt etwa zwei Meter von ihm entfernt. Adam spielte seine Optionen für einen Angriff durch. Er konnte sehen, wie sich immer mehr Schweißperlen auf Askamps Stirn bildeten. Die Pistole zielte weiter abwechselnd auf die drei Frauen an der Wand, und auf Adam. Askamps freie Hand begann zu zittern.

»Du willst mich doch austricksen«, sagte er mit zusammengekniffenen Augen. Dann schrie er Adam an: »Glaubst du, ich bin ein Dummkopf? Haltet ihr alle mich für einen Idioten?« Er sprang auf Lizzie zu, packte sie grob an der Schulter, riss sie mit dem Rücken an sich und legte ihr seinen Arm in einem Würgegriff um den Hals. Dabei drückte er ihr die Pistole an die Schläfe.

»He, was soll das, spinnst du?«, sagte Lizzie mit gequetschter Stimme und versuchte, sich Luft zu verschaffen.

»Sei still, oder ich schieße. Hört ihr alle, ich erschieße sie. Victoria, unterschreib den Vertrag jetzt, sofort!«

»Aber Falk, ohne Notar ...«

»Unterschreib, oder sie wird sterben. Mach schon.« Askamp zielte abwechselnd auf Victoria und auf Lizzies Schläfe. »Ich erschieße sie! Das ist mein Ernst.«

»Sie werden damit nicht durchkommen, Herr Askamp«, sagte Claire.

»Unterschreib jetzt, oder ich bringe euch alle um.« Askamps Griff um Lizzies Hals wurde fester, Schweiß rann ihm von der Stirn, er atmete hektisch.

»Nein, das geht nicht, Falk«, sagte Victoria Colmar mit fester Stimme. »Ich werde nicht unterschreiben. Lass die Frau los und leg deine Waffe weg. Du machst alles nur noch schlimmer.«

»Verdammte Scheiße«, rief Askamp und sah mit irrem Blick um sich. »Los, wir gehen. Wenn ihr uns folgt, ist sie tot, ich bringe euch alle um. Der Erste, der aus dem Raum kommt, wird erschossen. Aus dem Weg!«

Einen Moment später war Stille im Konferenzraum, als wäre ein Spuk vorübergegangen. Askamp und

Lizzie waren verschwunden. Er hatte den Konferenzraum von außen abgeschlossen.

»Der ist so durchgeknallt, der macht ernst«, sagte Adam. »Oder er erschießt aus lauter Panik unbeteiligte Leute.«

»Was meinst du, sollen wir die Kollegen anrufen? Dann haben wir allerdings eine Großveranstaltung mit SEK, Hubschraubern, Presse und allem Drum und Dran. Und ich weiß nicht, ob das Lizzie hilft.«

Adam ging ein paarmal hin und her, spielte nervös mit seinem Handy. »Ich versuch mal was«, sagte er schließlich und wählte eine Nummer. Claire begann den Konferenzraum zu durchstöbern.

»Hallo Herr Ophoven, hier ist Adam Starck. Ja, Sie hören richtig, aber lassen wir die Höflichkeiten, wir haben keine Zeit. Ihr Schützling, Falk Askamp, hat eben meine Kollegin entführt und bedroht sie mit einer Schusswaffe. Ja, ganz recht. Die Vertragsunterzeichnung für die Übernahme der Ascolog GmbH ist schiefgelaufen. Ich denke, Herr Askamp braucht jetzt dringend einen väterlichen Freund. Sie sollten ihn anrufen, sofort.«

Adam hörte seinem Gesprächspartner einen Moment lang zu und kaute dabei auf seiner Unterlippe. »Ja, danke auch«, sagte er endlich und legte auf.

»Du hast tatsächlich Ophoven angerufen?« Claire stand vor Adam und schüttelte ungläubig den Kopf.

»Mit etwas Glück schlagen wir zwei Fliegen mit einer Klappe«, sagte Adam. »Ich habe die beiden zusammen im Poloclub gesehen. Askamp scheint auf Ophoven zu hören. Vielleicht kann der ihn zur Vernunft bringen.«

»Wer ist das, dieser Ophoven?«, fragte Victoria Colmar.

»Ein alter Bekannter von mir und ein Freund der Familie von Askamp«, sagte Adam. Sein Telefon klingelte. »Ophoven«, sagte er und nahm ab.

»Wir kommen«, sagte er nach einigen Sekunden und legte auf. »Askamp ist jetzt mit Lizzie unterwegs zu einer Baustelle in der HafenCity. Er will, dass Sie dorthin kommen, Frau Colmar, und den Vertrag unterschreiben. Er ist völlig durchgedreht und von diesem Vertrag besessen. Wir sollten ihm den Gefallen tun, rechtlich hat das sowieso keinen Bestand.«

»Also los«, sagte Claire. Sie winkte triumphierend mit einem Ersatzschlüssel, den sie in einer Schublade gefunden hatte. »Worauf warten wir noch?«

»Ophoven will ebenfalls dahin kommen und ihn beruhigen«, sagte Adam. »Er verlangt aber ausdrücklich Diskretion. Ich hatte fast den Eindruck, dass er ein wenig genervt ist von seinem Schützling.«

21

»Hier muss es sein«, rief Victoria Colmar, die auf dem Beifahrersitz von Adams Wagen saß. »Da steht Falks Auto.«

Adam fuhr in die Einfahrt einer Baustelle am Baakenhafen. Überall standen Kräne, Baucontainer, halbfertige Betonstrukturen. Direkt vor ihnen ragte der siebenstöckige Rohbau eines neuen Bürokomplexes auf.

Ein Trupp müder Arbeiter bestieg eben einen Transporter mit bulgarischem Nummernschild, sie kümmerten sich nicht um die Neuankömmlinge.

»Keine schlechte Wahl, für einen Showdown«, sagte Adam. »Die ganze Gegend hier scheint völlig tot zu sein. Ich sehe keine Menschenseele.«

»Freitag Nachmittag, da ist nix mehr los auf dem Bau.« Claire, auf den engen Rücksitz gequetscht, beugte sich nach vorne und sah sich besorgt um. »Fehlen nur noch diese Büsche, die im Western immer durch Geisterstädte rollen.«

»Wenn es hier eine Schießerei gibt, hört das garantiert niemand. Und die Opfer würde man erst am Montagmorgen finden.«

»Was glaubst du, wo Askamp und Lizzie sind? Die Baustelle ist riesig, die können überall hier versteckt sein«, sagte Claire.

»Er hat uns herbestellt. Er wird sich also einen Platz gesucht haben, von wo aus er Neuankömmlinge gut beobachten kann«, sagte Adam. »Vermutlich irgendwo im zweiten oder dritten Stock. Von dort aus hat er die beste Übersicht und muss nicht zu weit auf den Bautreppen nach oben klettern.«

»Da im dritten scheint ein großer, offener Raum direkt über dem Eingangsbereich zu sein. Wird wahrscheinlich mal ein Großraumbüro.«

»Das wird die Kantine«, sagte Victoria. »Ich kenne die Baustelle, und Falk auch. Wir waren kurz vor Rafaels Unfall zu einem Besichtigungstermin hier. Wir hatten geplant, die Firma zu vergrößern und neue Büroräume gesucht.«

»Interessant. Ich gehe da jetzt rein. Das sehe ich mir mal genauer an«, sagte Adam und öffnete die Fahrertür.

»Warte«, sagte Claire und hielt ihn am Oberarm fest. »Vielleicht ist es doch das Beste, wenn ich die Kollegen alarmiere. Immerhin haben wir es mit einem bewaffneten Geiselnehmer zu tun, und wir wissen nicht, was uns da drin erwartet. Askamp ist mit der Situation völlig überfordert, der ist zu allem fähig. Wir müssen damit rechnen, dass er in Panik gerät und einfach um sich schießt.«

»Auf gar keinen Fall«, sagte Adam. »Ich traue deinen Kollegen nicht mehr, erst recht nicht, wenn hier

herumgeballert wird. Die haben mich ohne Grund eingesperrt, was kommt als Nächstes? Eine verirrte Kugel,
die mich versehentlich trifft? Nicht mit mir, ich gehe
jetzt da rein und hole Lizzie raus.«

Victoria räusperte sich. »Ich kann den Vertrag einfach unterschreiben, dann hat er, was er will und kann
Frau Schmidt laufen lassen. Den Rest können dann
Anwälte klären. Dieser Papierfetzen ist es einfach nicht
wert, dass jemand verletzt wird. Ich hätte gleich unterschreiben sollen, dann wären wir jetzt nicht hier.«

»Das hier ist nicht Ihre Schuld, Frau Colmar«, sagte
Adam. »Wir alle haben nicht damit gerechnet, dass
Askamp so weit gehen würde.«

»Also gut, meinetwegen«, sagte Claire. »Lasst es uns
versuchen. Aber wenn Schüsse fallen, ziehen wir uns
sofort zurück und ich rufe die Kollegen.«

»Einverstanden.« Adam nickte ihr zu.

»Wegen dir komme ich noch in Teufels Küche«, sagte
Claire. »Was wir hier machen, ist illegal, und wenn das
schiefgeht, ist meine Polizeikarriere zu Ende.«

Als sie eben ausgestiegen waren, glitt eine schwarze Limousine mit dunklen Scheiben fast lautlos heran und blieb mitten in der Einfahrt stehen. Die Beifahrertür sprang auf, ein schwarz gekleideter Mann
stieg aus, betrachtete kurz die Umgebung und öffnete
dann die Tür zum Rücksitz. Zuerst erschien ein Stock,
dann stieg Alfred Ophoven aus. Der schwarz gekleidete Mann schloss die Tür und blieb breitbeinig neben
dem Auto stehen. Missmutig sah Ophoven auf den

matschigen Boden. Dann betrachtete er kurz die Umgebung und ging auf Adam zu.

»Sind sie da drin?«, fragte Ophoven ohne Gruß. »Hatten Sie Kontakt?«

»Es ist besser, wenn Sie sich ab jetzt raushalten, Herr Ophoven«, sagte Adam. »Es war sehr hilfreich, dass Sie Herrn Askamp hierher an diesen ruhigen Ort geschickt haben. Hier werden zumindest keine Unbeteiligten gefährdet. Vielen Dank dafür, aber den Rest schaffen wir auch ohne Sie.«

»Warum so feindselig, Herr Starck. Ich kann Ihnen auch weiterhin nützlich sein. Wenn Sie die Dinge nüchtern betrachten, bin ich der Einzige, der Ihnen gerade helfen kann. Ich habe Telefonkontakt zu Herrn Askamp und er hört auf mich. Er ist gerade sehr aufgeregt.« Ophoven winkte mit seinem Handy. »Was ist Ihr Plan, Herr Starck? Sie als Detektiv und ehemaliger Polizist haben doch sicher schon einen Plan, nicht wahr?«

Adam wollte eben antworten, doch Claire kam ihm zuvor. »Wir gehen zum Schein auf Askamps Forderung ein, Frau Colmar wird den Vertrag unterschreiben. Wir hoffen, dass er Frau Schmidt dann gehen lässt. Wir wollen die Lage nicht weiter eskalieren.«

»Sie haben also Ihre Kollegen von der Polizei noch nicht verständigt. Eine sehr kluge Entscheidung, Frau Muller. Sie können es weit bringen.« Ophoven nickte zufrieden. »Wir werden das unter uns regeln und niemand muss zu Schaden kommen. Und am Ende gehen wir alle unserer Wege und vergessen die ganze Sache. So wird es für uns alle am besten sein, auch für Ihre junge Partnerin. Wichtig ist doch vor allem, dass keine Unschuldigen verletzt werden, nicht wahr, Herr Starck?«

Adam ging einen Schritt auf Ophoven zu, Claire packte ihn am Arm und hielt ihn zurück. Ophoven erwiderte Adams Blick und regte sich keinen Millimeter.

»Sind Sie bewaffnet?«, fragte er trocken und sah Adam und Claire an.

»Das wird nicht nötig sein«, zischte Adam.

»Ich habe meine Dienstwaffe bei mir«, sagte Claire. »Für alle Fälle.«

»Das ist gut, eine solche Situation kann sehr schnell außer Kontrolle geraten«, sagte Ophoven. »Wir müssen auf alles vorbereitet sein«.

Adam drehte sich um und entfernte sich einige Schritte von der Gruppe. Dann machte er kehrt und ging zurück. Er sah zuerst Claire und dann Victoria an. Schließlich wandte er sich an Ophoven: »Rufen Sie ihren Schützling an, erklären Sie ihm die Lage. Sagen Sie ihm, dass wir hereinkommen, um mit ihm zu reden. Und machen Sie ihm klar, dass er eine echte Chance hat, heil aus der Sache rauszukommen. Ohne Polizei und Presse.«

»Sehr gut, Herr Starck.« Er nahm sein Handy aus der Innentasche seines Jacketts und drehte der Gruppe den Rücken zu.

»Und sagen Sie ihm auch, dass wir sofort die Polizei verständigen, wenn er nicht kooperiert«, setzte Adam nach. »Hubschrauber, Scharfschützen, Kameras, das volle Programm.«

Ophoven redete leise am Telefon, offenbar gelang es ihm tatsächlich, Askamp zu beruhigen. Schließlich legte er auf und drehte sich um. Er machte eine auffordernde Geste in Richtung des zukünftigen Haupteingangs. »Bitte nach Ihnen, Herr Starck! Herr Askamp erwartet uns.«

Adam öffnete den Mund, um zu antworten, dann stoppte er, schüttelte den Kopf und ging los. Claire und Victoria Colmar dicht hinter ihm. Bevor Alfred Ophoven ihnen mit etwas Abstand folgte, tippte er eine Nachricht auf seinem Handy.

22

Über einen wackeligen Weg aus Brettern, die lose über den Baustellenmatsch gelegt waren, gingen sie auf das Gebäudeskelett zu. Adam konzentrierte sich auf seine Schritte, er konnte Ophovens verächtlichen Blick im Nacken spüren.

Im Inneren des Gebäudeskeletts roch es nach frischem Beton und Stahl. Direkt vor ihnen befanden sich die zukünftigen Fahrstuhlschächte. Adam und Claire lehnten sich über die notdürftige Absperrung, die nur aus einigen angenagelten Latten und rot-weiß gestreiften Plastikbändern bestand. Adam zählte vier Etagen nach unten und sieben nach oben. Im Dämmerlicht sah man auf dem Boden des Schachts Baustellenmüll liegen.

»Da kann einem ja schwindlig werden«, sagte Claire und trat einige Schritte zurück.

»Herr Askamp? Hallo? Sind Sie hier?«, rief Adam durch den Fahrstuhlschacht nach oben. »Sie haben uns bestimmt schon gesehen. Geben Sie uns ein Zeichen, wo Sie sind!«

Sie lauschten, es war nichts zu hören.

»Hier rechts ist eine Treppe. Wollen wir mal hochgehen und nachsehen?«, fragte Claire.

»Versuchen wir's einfach«, sagte Adam und rief nach oben: »Wir kommen jetzt zu Ihnen hoch.«

»Dritte Etage«, antwortete eine heisere Stimme. »Aber langsam. Einer nach dem anderen und keine Tricks.«

»Na dann«, sagte Adam zu Claire, »es geht los.«

»Gehen Sie doch vor, Herr Starck«, sagte Ophoven mit einem spöttischen Grinsen.

Adam lächelte säuerlich, dann rief er noch einmal durch den Aufzugsschacht: »Wir kommen jetzt zu Ihnen. Frau Colmar hat den Vertrag dabei, sie wird ihn unterschreiben, wenn wir uns einigen können.«

Dann stiegen sie mit etwas Abstand die Treppe hoch. Vorsichtig betrat Adam als erster einen großen Raum, der sich über die gesamte dritte Etage erstreckte. Überall standen Paletten mit Baumaterial, Stapel von Rohren waren im Raum verteilt. Scharfkantige Stahlprofile ragten aus den Wänden. Obwohl es draußen angenehm warm war, zog ein kalter, feuchter Wind durch den Rohbau. Von Askamp oder Lizzie war nichts zu sehen.

»Halt! Stehenbleiben! Die Hände hoch!«

Adam sah eine Bewegung am anderen Ende der zukünftigen Kantine und zeigte Claire die Stelle. Askamp hatte sich in einer Nische hinter einigen Paletten mit Steinen verschanzt.

»Wir sind unbewaffnet, Herr Askamp. Ist Frau Schmidt bei Ihnen?«

»Ich bin hier Adam, mir geht's gut. Der Spinner hat mich gefesselt.«

»Sei still!«, schrie Askamp. »Wer garantiert mir, dass Sie mich nicht reinlegen? Ich traue Ihnen nicht, Starck.«

»Ich garantiere das«, rief Ophoven. »Ich bin hier, Falk, es ist alles in Ordnung. Wir können die ganze Angelegenheit regeln, ohne dass jemand verletzt wird.«

»Aber die Frau da ist von der Polizei. Du hast versprochen, dass keine Polizei kommen wird«, rief Askamp, nach einer kurzen Pause. Seine Stimme klang etwas ruhiger.

»Das ist in Ordnung, ich habe mit ihr gesprochen. Sie ist auf unserer Seite. Wir sind hier unter uns. Victoria Colmar ist auch hier, sie wird den Vertrag wie geplant unterschreiben, dann vergessen wir die ganze Sache und alles ist gut. Sei vernünftig, Falk.«

Askamp schwieg.

»Wir kommen jetzt zu Ihnen, Herr Askamp«, rief Adam.

»Nur Victoria soll kommen, mit dem Vertrag.«

»Nein Herr Askamp, ich komme mit«, rief Adam. »Ich werde meine Partnerin abholen.«

»Aber ganz langsam. Nur Sie und Victoria.«

Adam setzte sich vorsichtig in Bewegung. Er winkte Victoria zu sich. Claire gab er ein Zeichen, auf der anderen Seite des Raumes an der Wand entlang zu gehen. Claire nickte und zog ihre Pistole aus dem Schulterhalfter. Ophoven trat etwas zurück und stellte sich hinter einen Stapel Steine.

Als Adam und Victoria etwa fünf Meter vor Askamps Nische angekommen waren, trat er vorsichtig aus seiner Deckung. Er war bleich, sein Haar war zerzaust, seine Kleidung war mit Baustellendreck verschmutzt.

»Halt! Nicht weitergehen«, rief er und fuchtelte mit seiner Pistole herum, den Finger am Abzug. Adam hoffte, dass die Waffe gesichert war. »Hände hoch. Los, ich will Ihre Hände sehen.«

Adam hob langsam die Hände und trat dabei einen Schritt zur Seite, so dass er hinter die Steinpalette sehen konnte. Lizzie saß auf einem alten, schmutzigen Stuhl, notdürftig mit Streifen von Plastikfolie gefesselt.

»Ich bin ok«, rief sie und versuchte, zu lächeln. Sie hatte eine Schramme an der Schläfe, schien aber sonst unverletzt zu sein. Adam sah, dass sie dabei war, sich von den Fesseln zu befreien.

»Sieh her, Falk, hier ist der Vertrag«, sagte Victoria Colmar und hielt die Mappe hoch. »Lass die Frau laufen, und ich unterschreibe. Dann gehört die Firma dir. Ich will sowieso nichts mehr damit zu tun haben.«

»Geh da rüber«, rief Askamp und deutete auf den Steinstapel, bei dem Lizzie saß. »Und Sie gehen zurück. Los jetzt.«

»Ruhig Falk. Ich gehe jetzt langsam da rüber und unterschreibe. Ich lasse den Vertrag liegen und nehme Frau Schmidt mit. Dann fahren wir alle nach Hause und vergessen die ganze Sache, einverstanden?«

»Ja, einverstanden.« Askamp schien sich etwas zu entspannen. »Aber keine Tricks, ich warne euch.«

Victoria Colmar ging Richtung Lizzie, sie hielt die Mappe mit dem Vertrag fest umklammert.

»Vorsicht Falk, da drüben, sie ist bewaffnet« rief Ophoven plötzlich laut und zeigte mit seinem Stock in Richtung Claire, die seitlich von ihnen in etwa zehn Metern Abstand mit der Waffe im Anschlag hinter einem Kistenstapel stand und die Szene beobachtete. Askamp fuhr herum. Er schoss sofort zweimal in Claires Richtung.

»Nein, nicht«, schrie Victoria und rannte zu Lizzie.

»Aufhören!«, rief Adam, aber Askamp schoss noch zweimal, ohne zu zielen, in den Raum. Claire war in Deckung gegangen.

Askamp sah, dass Victoria angefangen hatte, Lizzie zu befreien. Er drehte sich um und zielte auf sie. In diesem Augenblick sprang Adam auf ihn zu und nahm ihm die Waffe weg, wobei sich ein Schuss löste, der in die Decke ging.

Askamp kreischte wie ein Kind auf und schlug wild um sich, Adam stieß ihn von sich weg und sprühte ihm Pfefferspray ins Gesicht. Askamp schrie weiter, stürzte wieder auf Adam zu und trommelte mit seinen Fäusten wie im Wahn auf ihn ein. Er traf Adam im Gesicht, worauf dieser kurz losließ. Dann rannte Askamp halb blind und in Panik Richtung Treppe, wo er verschwand.

Adam rannte zuerst zu Lizzie, die schon von ihren Fesseln befreit und aufgestanden war. »Ist alles ok? Geht's dir gut?«

»Ja«, rief sie, »Los, hinterher. Der darf uns nicht entwischen.«

Adam und Lizzie sprinteten los. Askamp war bereits nicht mehr zu sehen.

»Stopp!«, rief Adam, als sie beim Aufzugsschacht neben der Treppe angekommen waren. Die Absperrung war durchbrochen. Adam hielt Lizzie zurück.

Vorsichtig näherten sie sich dem Schacht und sahen nach unten. Sieben Etagen unter ihnen lag der Körper eines Mannes, im Halbdunkel kaum zu erkennen. Seine Gliedmaßen waren grotesk verrenkt.

»Wow, der ist hinüber«, sagte Lizzie. »Armer Irrer.«

Ophoven kam langsam Richtung Fahrstuhlschacht und sah kurz hinunter. »Sehr bedauerlich. Dann dürfte das jetzt wohl erledigt sein.« Er ging einen Schritt auf Lizzie zu und betrachtete sie von oben bis unten. »Da es Ihnen, wie ich sehe, gut geht, können wir das Thema sicher auf sich beruhen lassen.« Dann wandte er sich an Claire und stützte sich direkt vor ihr auf seinen Stock. »Es ist ein großes Unglück, dass Herr Askamp mit der Besichtigung seiner neuen Büroräume nicht auf den offiziellen Termin warten wollte. Er hat die Gefahren einer Baustelle offensichtlich unterschätzt, typisch Büromensch. Wäre ich nur hier gewesen, ich hätte ihn warnen können.«

»Das könnte Ihnen so passen«, sagte Claire. »Sie haben doch ...«

Ophoven unterbrach sie mit einer herrischen Handbewegung. »Denken Sie nach, Frau Muller! Sie waren Teil einer Geiselnahme. Sie haben Ihre Vorschriften missachtet und wollten den Täter eigenmächtig mit

Ihrer Dienstwaffe zur Strecke bringen. Dadurch haben Sie die Schießerei erst verursacht. Denken Sie nach!« Er sah Claire eisig an, dann drehte er sich um und schritt langsam in Richtung Treppe.

Claire starrte ihm hinterher. Als er auf der Treppe verschwunden war, rannte sie zu einer der bodentiefen Fensteröffnungen, von der aus sie hinaus auf die Einfahrt sehen konnte.

»Der macht sich einfach vom Acker«, sagte sie. »Als wäre nichts gewesen.«

Adam eilte zu ihr und sah gerade noch, wie Ophoven eilig zu seinem Auto hinkte und einstieg. Adam wunderte sich kurz, warum der Wagen nicht losfuhr, doch einige Sekunden später kam der schwarz gekleidete Mann aus dem Gebäude, er schien es nicht besonders eilig zu haben.

Beim Auto angekommen, sah er kurz zu ihnen hoch, winkte grinsend und stieg durch die Beifahrertür ein. Das Auto fuhr sofort los, ebenso lautlos, wie es angekommen war.

»Verdammt, war der auch hier drin?«, sagte Lizzie. »Wo war der die ganze Zeit?«

»Ich glaube ich weiß wo«, sagte Claire und deutete mit dem Kopf zur durchbrochenen Absperrung am Fahrstuhlschacht. Dann nahm sie ihr Handy und starrte es an.

»Ich muss die Kollegen rufen. Ihr verschwindet am besten, ich erzähle denen irgendwas von einem Unfall.«

Victoria stand leise weinend vor dem offenen Fahr-stuhlschacht und starrte in die Tiefe, bis Adam den Arm um sie legte und sie sanft wegzog.

23

Am folgenden Sonntag saßen Adam, Lizzie und Claire zusammen mit Paul Olsen im Café Paris-Brest. Sie hatten ein üppiges Frühstück bestellt.

»Unglaublich, diese Croissants«, sagte Lizzie und wischte sich die Krümel von ihrem T-Shirt. »Ich kann gut verstehen, dass Rafael Colmar jeden Tag hierher kam.«

»Apropos ...«, sagte Olsen. »Habt ihr nochmal was von Victoria Colmar gehört? Das mit dem Firmenverkauf ist ja nun nichts geworden.«

»Ich habe gestern nochmal mit ihr telefoniert«, sagte Claire. »Ihr werdet es nicht glauben, schon zwei Tage nach dem Tod von Askamp hat Ophoven sich bei ihr gemeldet und ihr, wie sie sagte, ein Angebot gemacht, dass sie nicht ablehnen konnte. Ich denke, er hat ihr eine fürstliche Summe für ihre Anteile geboten.«

»Uns hat sie immerhin ein großzügiges Honorar überwiesen«, sagte Lizzie. »Wir können uns nicht beklagen.«

»Und da sie die Firma auf keinen Fall ohne ihren Mann weiter betreiben will, hat sie natürlich zugesagt. Sie will jetzt erst mal auf Reisen gehen, etwas Abstand gewinnen.«

»Kann ich verstehen«, sagte Adam. »Und die Anteile von Askamp gehen an dessen Familie, die wiederum mit Ophoven befreundet ist. Die wird er sich sicherlich auch irgendwie holen.«

»Sieht so aus, als hätte er die Übernahme von Anfang an geplant«, sagte Lizzie. »Erst musste Rafael beseitigt werden, und zwar so, dass gar kein Verdacht aufkommt, dass es sich um ein Verbrechen handeln könnte.«

»Und damit niemand Ophoven mit der Sache in Verbindung bringt, musste ein Strohmann aus Panama herhalten«, sagte Adam.

»Genau.« Lizzie schnipste mit den Fingern. »Und als Askamp dann problematisch wurde, musste auch er weg. Eins muss man Ophoven lassen: Er hat seine Gelegenheit genutzt und am Ende eiskalt die Firma übernommen. Und keiner kann ihm was nachweisen, er steht als Victorias Retter in der Not da.«

»Na ja, es ist kompliziert«, sagte Claire. »Wir wissen immer noch nicht so genau, ob es überhaupt einen Plan gab. Die Hypothese mit dem ferngesteuerten Auto können wir nicht beweisen. Wir haben mit dem Hersteller Kontakt aufgenommen. Wie zu erwarten wurde uns gesagt, dass es völlig unmöglich sei, die Kontrolle über eines ihrer Fahrzeuge zu übernehmen.«

»Und wir haben keinerlei Anhaltspunkte, um das irgendwie anzuzweifeln«, sagte Adam.

»Außerdem hat sich gleich eine Brigade von Rechtsanwälten in Stellung gebracht und uns mit Bergen von

Papier bedroht. Das Gute daran ist, dass Lehmann plötzlich keinerlei Interesse mehr daran hat, die Hintergründe zu diesem Fall aufzuklären. Zwei bedauerliche Unfälle, da kann man nichts machen.«

»Umso besser für uns.« Adam fischte sich noch ein Croissant aus dem Brotkörbchen.

»Allerdings hat Ophoven mich jetzt in der Hand. Er kann mich jederzeit anschwärzen, immerhin habe ich mich nicht an die Vorschriften gehalten«, sagte Claire.

»Lass dir keine Angst einjagen, das wird er nicht tun«, sagte Adam. »Wenn es zu einem Verfahren gegen dich kommt, wird auch publik, dass er an dem Vorfall auf der Baustelle beteiligt war. Er muss befürchten, dass seine weiße Weste Flecken bekommt, und das wird er auf jeden Fall vermeiden.«

»Dann haben wir jetzt ein Gleichgewicht des Schreckens. Er kann uns genauso schaden, wie wir ihm. So ganz wohl ist mir bei der Sache nicht.«

»Ich fange langsam an zu verstehen, wie Ophoven Einfluss ausübt«, sagte Adam. »Ein großes Netzwerk, eine Gefälligkeit hier, ein kleines Geheimnis dort ...«

»Jetzt hört mal auf, Trübsal zu blasen«, sagte Lizzie. »Immerhin konnten wir eine Lektion über den perfekten Mord der Zukunft bekommen. Man manipuliert ein technisches System und setzt es als Killermaschine ein. Die moderne Technik ist so komplex, dass kaum jemand sie versteht. Die Behörden sind völlig überfordert, dem Auftraggeber ist nichts nachzuweisen und die eigentlichen Täter sitzen irgendwo in Kasachstan oder auf den Philippinen, wo sie für Polizei und Justiz völlig unerreichbar sind.«

»Und vor allem muss man erst mal bemerken, dass überhaupt ein Verbrechen stattgefunden hat«, sagte Claire. »Ich meine, wir wissen nicht hundertprozentig, ob das Unfallauto wirklich manipuliert war. Wir haben nicht den geringsten Beweis. Vielleicht war es am Ende ja doch ein ganz normaler Unfall.«

»Zugegeben, es ist schon ziemlicher Aufwand einen solchen Hack durchzuführen«, sagte Lizzie. »Von der Technik mal abgesehen, irgendjemand muss Colmar ausspioniert und die regelmäßige Begegnung mit Zelmer herausgefunden haben. Und dann wurde Zelmers Auto wahrscheinlich über einen längeren Zeitraum beobachtet, um einen günstigen Moment für den Angriff abzuwarten.«

Adam nahm seine Serviette und wischte sich die Finger ab. »Vielleicht steckt ja doch eine größere Organisation hinter der ganzen Geschichte …«

»… oder wir werden langsam verrückt«, sagte Claire.

»Was mich am meisten ärgert ist, dass Ophoven schon wieder durchgekommen ist«, sagte Adam. »Ich frage mich nur, warum genau diese Firma für ihn so wichtig war.«

»Also, ich spekuliere jetzt mal«, sagte Olsen. »Bei der neuen Software von Ascolog ging es um das Management von Containern. Ein System, das jederzeit genau weiß, wo welcher Container ist und wo er hin soll. Und die Software von Ascolog ist wirklich gut, sie könnte sich zum Standard bei Speditionen und Reedereien entwickeln. Der Hersteller einer solchen Software könnte sich im Prinzip Zugriff auf alle Containerdaten seiner Kunden verschaffen und diese sogar manipulieren, auch wenn er natürlich hoch und heilig verspricht, das niemals zu tun.«

»Das ist ja der Traum eines jeden Schmugglers«, warf Claire ein.

»Ganz genau«, sagte Lizzie. »Der weltweite Containerverkehr ist so irre komplex, da blickt kein Mensch mehr durch, das funktioniert nur noch computergesteuert. Und wenn du die Möglichkeit hast, dieses System zu durchschauen oder sogar unbemerkt zu manipulieren ...«

»Schöne, neue Welt des Verbrechens«, sagte Adam versonnen. »Was ist nur aus den guten alten Arsenvergiftungen auf englischen Gutshöfen geworden. Da gab es ein klares Verbrechen, ein Opfer und einen Mörder, der am Ende verhaftet wurde.«

Lizzie hob einen Zeigefinger. »Aber nur weil die scharfsinnige Detektivin ...«

»... dank Ihrer Verbindungen zur Polizei ...«, setzte Claire nach.

»Ja, ja, schon gut«, unterbrach Adam. »Aber ich frage mich, womit wir es in Zukunft noch zu tun bekommen werden.«

Claire rührte in ihrem Kaffee. »Wie es scheint, brechen paradiesische Zeiten für Verbrecher an, wenn sie nur schlau genug sind. Und unser feiner Herr Ophoven scheint die Spielregeln verstanden zu haben.«

Lizzie grinste. »Das heißt aber auch, es gibt immer mehr zu tun für noch schlauere Detektivbüros.«

»Ganz genau«, sagte Adam. »Und auch der schlaue Herr Ophoven macht irgendwann einen Fehler, dann werden wir zu Stelle sein.«

»Und es wird garantiert keinen Ärger geben«, sagte Claire, »nicht wahr?«

Vorschau

Rubins Vase

Der vierte Fall für Adam Starck & Partner

Ein bekannter Blogger und Restaurantkritiker wird nachts in einer Seitenstraße der Reeperbahn ermordet. Die Polizei hat keine Schwierigkeiten, den Fall aufzuklären, die Tat wurde von einem Passanten mit dem Handy gefilmt. Das Video verbreitet sich schnell im Internet, worauf sich zahlreiche Zeugen melden.

Dennoch schwört der Verdächtige, dass er nicht der Täter sei. Sein Anwalt beauftragt Adam und Lizzie, den Fall zu untersuchen.

Bei ihren Ermittlungen geraten Adam und Lizzie in die dunklen Abgründe der Sozialen Medien. Adam wird mit seiner Vergangenheit konfrontiert.

Bisher in der Adam Starck Serie erschienen

Eddies Coup

Der erste Fall des Privatdetektivs Adam Starck

Eines Morgens entdecken der pensionierte Kriminalkommissar Adam Starck und die punkbegeisterte Computerexpertin Lizzie Schmidt die Leiche ihres Nachbarn Eddie in dessen Wohnung. Für die Polizei ist die Sache schnell klar: Ein Junkie wurde bei einem Einbruch überrascht und hat den Wohnungsbesitzer ermordet.

Doch Adam und Lizzie ahnen, dass mehr hinter der Sache steckt. Sie beginnen eigene Ermittlungen und geraten schnell in gefährliche Verflechtungen zwischen Politik, Polizei und einem rätselhaften Geschäftsmann. Immer mehr wird klar, dass Eddie alles andere war als der harmlose Student, für den ihn alle gehalten haben.

Projekt Bodysnatch

Der zweite Fall für Adam Starck & Partner

Bei der Eröffnungsfeier der Detektei Adam Starck & Partner wird Lizzie von ihrer Freundin Annabel Blum angesprochen: Ihr Kollege, der Systemadministrator Daniel Caldera, verhält sich in letzter Zeit eigenartig.

Daniel arbeitet im Homeoffice und erledigt seinen Job tadellos. Er antwortet auf E-Mails und Chatnachrichten, aber telefonisch und persönlich ist er für Annabel nicht mehr zu erreichen. Sie hat den Eindruck, dass er sich verändert hat, und macht sich Sorgen um ihn.

Da die Detektei sowieso noch keinen Auftrag hat und um Annabel einen Gefallen zu tun, beginnt Lizzie nachzuforschen. Adam indessen glaubt an einen Fall von Ghosting und verschmähter Liebe. Er nimmt Annabel nicht ernst. Doch schon sehr bald wird ihm klar, wie ernst die Angelegenheit ist und dass Lizzie und er selbst in Gefahr sind ...